1
くろねこどらごん
イラスト ものと
幼馴染たちが
人気アイドルになった
甘々な彼女たちは俺に貢いでくれている
JN105264

「本当に、和真にはアタシがいないと駄目なんだから」
月《つき》城《しろ》アリサ
「何があっても、俺は絶対に働きたくないんだ」
葛《くず》原《はら》和《かず》真《ま》

幼馴染たちが人気アイドルになった 1

~甘々な彼女たちは俺に貢いでくれている~

くろねこどらごん

OVERLAP

目次

イラスト　ものと

「皆ー！　今日は私たち、『ディメンション・スターズ！』のライブに来てくれてありがとー！」

『ウワアアアアアアアアア……!!』

マイクを通し反響する声に呼応し、歓声が轟《とどろ》いた。

薄暗い空間の中、熱狂が渦を巻き、視線がステージに集中する。

着飾るような装飾が施された舞台。その中央にはスポットライトに照らされながら、観客に笑顔で応える、四人の少女たちの姿があった。

「今日は皆に満足してもらえるよう、精一杯頑張るから！　私たちのこと、ちゃんと見てないと……ダメ、だよ？」

最初に、黒髪の少女が語りだす。

『ウオオオオオオオオオオオオオオオオオオ！！！！！　ガン見するよおおおおおおおおおお！！！！！』

「ふふっ、瞬《まばた》きもしちゃダメですよ？」

次に、白い髪の少女が笑いかける。

『絶対しないよおおおおおおおおおお！！！！　まぶた切り落としてくりゅううううううう！！！！』

「今日は新曲もあるから、楽しんでいってくれると嬉《うれ》しいかな……べ、別に楽しんでくれないと嫌ってわけじゃないんだからねっ！」

銀の髪の少女が、恥ずかしそうに声を荒らげた。

『んほおおおおおおおおお！！！　ツンデレ頂きましたああああああああああああ！！！！』

「皆、楽しんでいってくださいねー！　そうじゃないと……めっ、ですよー♪」

最後に、赤い髪の少女が、唇に指を当て、生意気げに微笑《ほほえ》んだ。

『はうっっっっっっっ！！！！　心臓がつぶれりゅうううううううう！！！！』

彼女たちがマイクを通して話すたびに、会場の熱気は高まっていく。

それが伝わったのか、センターに立つ黒髪の少女は満足そうに頷《うなず》くと、一際大きく声を張り上げた。

「あはは♪　よーし！　それじゃあ楽しんでいってねー！　いきなりだけど、早速新曲いっくよー！『私のカレは♪ドクズ野郎？』！」

『ウオオオオオオオオオオオオオオオオ！！！！！　俺もクズになりましゅうううう

う――！！！！』

またも響く大歓声。ライブは始まったばかりだというのに、観客のボルテージは早くも最高潮に達していた。

この熱気こそ、ライブに対する期待の表れそのものだ。

それが画面越しにも伝わってくる。ただ、それを感じ取ったのは俺だけではなかったようだ。

街を歩く人の何人かが顔を上げ、頭上の大型ビジョンに目を向けている。

「あ、『ダメンズ』だ」

「もうライブ映像出てるんだね」

「早く新曲の配信始まらないかなぁ」

感想を口にしている声が耳に届くが、そのどれもが肯定的な意見ばかり。

気付けば俺の頬は緩み、思わず笑みがこぼれ落ちる。

「フッ……どうやら順調に、『ダメンズ』の人気はあがってきてるようだな」

場所は都内のど真ん中。雑多な人並みに紛れながらも、こういった声が聞こえてくるのは、『ディメンション・スターズ！』の人気が順調に伸びてきている証拠と言えるだろう。

なかでも一際甲高く叫ばれているのは、センターを張るふたりの女の子の名前だ。

『ウオオオオオオオオオオオオオ！！！！！　L・O・V・E！　セ・ツ・

ナァァァッッッ！！！！！　ア・リ・サ・ァァァッッッ！！！！！』

「まさかあのふたりが、ここまで人気になるとはなぁ」

思わずひとりごちたのは、その名前の主《ぬし》についてよく知っていたからだ。

『ディメンション・スターズ！』のダブルセンターであり、実質人気を二分するユニットの顔。

そのふたり、小鳥遊雪菜《たかなしせつな》と月城《つきしろ》アリサは、俺の幼馴染《おさななじみ》なのだから。

「あれからもう十年か。早いもんだな」

そして、ふたりがアイドルをやっている理由は、他ならぬこの俺にあったのだった。

◇◇◇

働きたくない。

それは人間ならば誰しもが、一度は抱いたことのある想《おも》いだと思う。

俺、葛原和真《くずはらかずま》がそのことを考えたのは、小学生の頃のことだった。

きっかけは本当に些細《ささい》なことだ。

当時、遠足の行事で少しばかり学校から離れ、遠出することがあったのだ。

バス移動の最中から、周りの皆ははしゃぎっぱなし。先生の話もろくに聞かなかったことをよく覚えている。現地に着いてもそれは変わらなかった。

幼い子供だからと言えばそれまでだが、好き勝手な行動を取る大勢の子供たちをまとめるのは、きっと一苦労だったことだろう。

俺自身は特にはしゃぐ気にもならず、大人しく列に並んで周りが落ち着くのをただ眺めていたのだが、疲れた顔をしながら子供たちの相手をしている先生を見て、ふと思ったのだ。

――ああはなりたくないな、と。

思えば、当時の俺は随分とませたガキだった。

七歳やそこらで、将来のことを真面目に考える子供なんてほぼいないだろう。

俺だって普段は遊んでいるほうが好きだったし、大人が働いてる姿を見てもそれまでは特に疑問を覚えることはなかった。

大きくなったら働くのは当たり前のこと。そういうものなんだくらいの感覚。

せいぜいテレビで見かける職業に、憧れを抱くのに留《とど》まる程度だ。普通の子供はそんなもんだろう。

だけど、その時の俺は考えてしまったのだ。

あんなふうに疲れた顔をして働くことに、一体なんの意味があるのだろうと。

一度考えてしまったら、もう止まらない。思い返せば、俺の両親はいつも帰りが遅かった。

そして帰ってきた時は先生のように、ひどく疲れた顔をしていたと記憶している。

俺の前では笑顔を取り繕っていたが、ふとした瞬間ため息をついたり、うんざりした顔で着信の入ったスマホを耳に当てる姿は、幼い俺にとって、ひどく印象に残っていた。

自分も将来、あんな顔をするようになるのだろうか。

そう思うと、俺は嫌になってしまった。

なんであんな疲れた顔をして、苦労してまで働かないといけないんだろうか。

絶対働きたくない。働いてたまるかという強い思いが、俺の全身を支配していく。

その結果行き着くのは、じゃあどうすれば働かないで済むんだろうという、まるで子供らしくない悩みだった。

親にずっと働いてもらって、脛《すね》をかじって生きていくのもひとつの手だとは思う。

だけど、それだけじゃあきっとお金が足りなくなるに違いない。

働きたくないのは勿論《もちろん》だが、俺はできれば遊んで暮らしたかったのだ。

遊んで遊んで遊びまくり、超絶勝ち組ヒャッホーイな人生を送りたいという、実に子供らしく微笑ましい未来を当時の俺は夢みていたのだから。

その夢を叶《かな》えるためには、多くの金が必要だ。

普通に生きていては、そんなお金は得られない。

大金を手に入れる方法として手っ取り早いのはギャンブルだが、運に全てを任せるべきか。

今から小遣いを貯《た》めて、将来的に宝くじや競馬で勝負に出る。大穴狙いの一発逆転に、人生を賭けるのだ。それしかない、か？

いや、賭け事は確実性に欠ける。負けたら働かざるを得ない。

嫌だ。そんなのは絶対に嫌だ！

でも、どうすれば……。

頭を悩ませながら遠足の弁当をつついていた、その時だった。

「ここにいたんだ、カズくん」

「え？」

いきなり名前を呼ばれたことに驚き、思わず顔を上げると、そこにはひとりの女の子の姿があった。

「あ、せつなか」

「あ、じゃないよー。さがしたんだよ？　遠足中にまいごになっちゃったのかなって、わたしすごくしんぱいしちゃったんだから」

そう言って俺の顔を覗《のぞ》き込んできたのは、幼馴染の小鳥遊雪菜だった。

同い年の子供の中でも飛び抜けて整った容姿の持ち主だったが、名前の通り、雪のように白い肌が、今は少し赤くなっている。

透き通るような黒髪も乱れているあたり、どうやら本当に俺のことをあちこち探していたようだ。

「ごめんごめん。おわびにタコさんウインナーたべる?」

「いいの!?　わーい、たべるー!」

さすがに悪いと思い、フォークで刺したウインナーを顔の前に差し出すと、すぐさまパクリと頬張る雪菜。運動神経もいいためか、やけに動きが素早かった。

「モグモグモグ」

「なんだよ、そんなにおなかへってたのか?」

「ごっくん!……んー、ちがうよ。カズくんがわたしにくれたんだもん。それがとってもうれしかったんだ。わたし、カズくんのことがだいすきだから」

「おおげさだなぁ、せつなは。おかずをひとつあげただけじゃん」

俺は思わず苦笑する。

この幼馴染は、何故《なぜ》か俺にやたらと懐いているのだ。

ちょこまかと後ろを付いてきたり、ひとりでいるとこうして話しかけてきたりはいつものこと。

最近は朝になると隣の家からわざわざやってきて、忘れ物がないか確認までしてくるようになった、俺の世話をやたらと焼きたがる変なやつ。

それが七歳時点での、俺の雪菜に対する認識だった。

「カズくんがくれるものなら、わたしはなんでもうれしいのー」

「そうなんだ。そりゃよかったな」

「うん！」

にぱっと、まるで太陽のような笑みを浮かべる幼馴染。

あまりに明るいそれを見て、俺はなんだか羨ましくなってしまった。

「……おまえはなやみがなさそうでいいなぁ。おれはこんなになやんでるっていうのにさ」

だからだろうか。気付けばポロリと、本音が口からこぼれたのだ。

即座にしまったと思うも、それを聞き逃すような雪菜じゃない。

さっきまでの笑顔が一転、すぐに心配そうな表情へと変化し、

「どうしたの、ひとりで考えごとしてたの？」

「あ、えっと。さっきのはさ……」

「もしかして、遠足たのしくない？　それとも、どこかぐあいわるかったりする？　先生におはなしして、バスにいっしょにもどろうか？」

そう何度も聞いてくる。

俺を心配しての行動なのは明白だったが、当時の俺にとって、その心配は正直ありがた迷惑でしかなかった。

いつも傍《そば》にいて、俺の面倒を見ようとしてくるのは助かる時もあるけど、考え事をしている時は話が別だ。余計なお節介というか、うっとうしいとすら思ってしまう。

「いや、だいじょうぶ。そんなことしなくていいよ。ごはんもうすぐたべおわるし、おれのことはほっといてくれ」

だからだろうか。つい言い方がつっけんどんになってしまった。

「あ、ごめんねカズくん」

「いや、別に邪魔だって言ってるわけじゃなくて……」

「どうせろくでもないこと考えてたんでしょ。アンタっていっつもそうだもんね」

さすがにまずいと思い、謝ろうとした時、俺たちの間に割って入る声があった。

「アリサ……」

「セツナをなかせるようなこと言うんじゃないわよ。この子はカズマとちがって、とってもいい子なんだからね」

そう言って呆《あき》れた目を向けてくるのは、もうひとりの幼馴染である月城アリサだった。

銀色の髪を青色のリボンでツインテールにまとめた、雪菜に負けないほど可愛《かわい》い女の子である。

ただ、性格はキツく、時たま俺に辛辣な言葉を投げかけてくるため、雪菜とは違った意味で苦手なところのあるやつでもあった。

「ていうか、カズマ。くちもとよごれてるわよ。ホラ、ふいてあげるからじっとしてて」

「あ、うん」

「それと、じめんにすわってたらふくがよごれちゃうじゃない。おこられちゃうわよ。ハンカチかしてあげるから、このうえにすわりなさい」

「う、うん。ありがと、アリサ」

同時に面倒見が良い一面もあるから、憎めないやつでもあるんだが。

言われるままにハンカチを受け取ると、アリサはなにやら得意げな笑みを見せ、

「ふふーん。やっぱりカズマにはアタシがいてあげないとダメね」

そんなことをドヤ顔で言い放つ。俺は特に思うところはなかったが、すぐ近くに食ってかかるやつがいた。雪菜である。

「あー！　アリサちゃんずるーい！　カズくんのめんどうはわたしが見てあげたかったのにー」

「セツナはいつもアタシより先にカズマにくっついてるじゃない」

「わたしはカズくんのことがすきだからいいの！」

「そ、それならアタシだってカズマのことすきだもん！　セツナのこともすきだけど、アタシだってすきなんだから！」

「ちがうもん！　わたしのほうがずっとずっとカズくんのことがすきなの一！」

「ア、アタシのほうがすきにきまってるじゃない！」

「うー！」

「ムー！」

なにやら俺をほっといて、雪菜《せつな》とアリサはふたりで盛り上がっているようだ。

「めのまえでけんかされてもこまるんだけどなー」

普段は仲がいいのだが、何故かこのふたりは俺のことに関してはやたら張り合う癖がある。

それを見てたらなんだか毒気が抜けてしまって、またもやついさっきまで悩んでいたことを口に出してしまった。

「はぁ……おれはただ、すごくだいじななやみがあるから、じっくり考えたかっただけなのに……」

「なやみ？」

「やっぱりなやんでたの？　それならわたしがそうだんにのろっか？　わたし、カズくんのためならなんでもしてあげるよ！」

途端、言い争うのをやめて俺を見てくる雪菜とアリサ。

幼馴染《おさなな》同士《じみ》だからか、やたら息がピッタリな仕草だったが、聞かれてるとは思っていなかったために、俺は言葉に詰まってしまう。

「あ、えっと……」

「言いなさいカズマ」

「話して、カズくん」

ぐぐっと顔を近づけてくる幼馴染たち。

ふたりとも結構頑固なとこあるし、こうなると全部話さない限り、離れてくれないんだろうなぁ。

でも将来絶対に働きたくないとか、こんなことを幼馴染たちに相談したところでどうにかなるものでも……いや、待てよ？

「せつな。アリサ。ちょっといいかな？」

「なによ？　まってるんだからはやく言いなさいよ」

「なになに!?　わたしにしてほしいこと、なにかあるの!?」

面倒臭そうな目を向けてくるアリサと、キラキラした目を俺に向けてくる雪菜。

対照的な態度のふたりだったが、後者は大きな瞳をめいっぱい見開き、期待を覗かせているのが見て取れる。

（これは……もしやイケるのでは？）

こちらを綺麗《きれい》な目で真《ま》っ直《す》ぐ見つめてくる雪菜を見て、俺はある確信を得ていた。

厳しいアリサはともかく、雪菜は俺に対してすごく甘いのだ。

幼稚園の頃、俺が遊んだおもちゃの片付けをいつもやってくれてたし、給食のデザートを欲しいと言えばあっさりくれたものだった。

それだけじゃない。去年のクリスマスなんて、自分のプレゼントではなく俺が欲しがっていたおもちゃを買ってもらったようで、「これが欲しかったんだよね？」なんて言いながら、笑顔で手渡してきたのである。

あれにはさすがに驚いたし、正直なんでこんなに雪菜が俺に対して甲斐甲斐《かいがい》しいのかはよく分からない。

だけど、雪菜が俺の面倒を見たがっていることは間違いない。

なら、きっと俺の提案を断らないはず。そんな打算を胸に秘めながら、俺はゆっくりと口を開く。

「あのさ、おれ、はたらきたくないんだ」

「『はたらきたくない……？』」

「うん、ぜったいはたらきたくない。はたらくなんてぜったいにごめんだ。だからさ……しょうらいふたりにおれのかわりにはたらいてもらって、めんどうをみてほしいんだよね」

俺の提案に、ふたりは大きく目を見開く。

「はぁっ!?」

「わたしが？　カズくんのかわりに？」

「そう。そして、いっしょうおれのことをやしなってもらいたいんだけど」

ダメかな？　そう笑顔で問いかける俺の言動は、子供ながらに間違いなくクズそのものであったことだろう。

普通なら決して頷《うなず》かれるはずのない、生涯寄生宣言。

それを受けて案の定、アリサは目を吊《つ》り上げて怒り出す。

「カズマ！　アンタなに言ってんのよ!?　さいていなこと言ってるって分かってるの!?　そんなの、うなずくわけないじゃないの！」

アリサの反応は当然だし、むしろ正しいと思う。俺だってこんなこと言われたら怒るし、絶対頷かないに決まってる。

「ほら、せつなもなにか言わないと！　このままじゃカズマのやつ、しょうらいとんでもないダメ人間になっちゃうわよ！　そんなの、ぜったいダメなんだから！」

憤慨をそのままに、隣に立つ黒髪の幼馴染へと話を振るアリサ。

自分と同じ怒りを、親友も抱いているはずだと、アリサは思っていたのかもしれない。

だが。

「…………うん、わかったよ」

雪菜は違った。

一瞬キョトンとした表情を浮かべたものの、すぐに大きく頷いたのだ。

「え……せ、せつな……？」

「ほんとか？　せつなはおれの言ってることのいみ、わかってるよな？」

「うん、もちろんだよ！」

それを見て俺は口元がにやけるのを抑えることが出来なかった。

戸惑うアリサをよそに、雪菜へ本当に養ってくれるかもう一度尋ねると、

「わたしが一生、カズくんのことをやしなってあげるからね！」

満面の笑みで、そう答えてくれたのだった。

◇◇◇

「う、ううう……」

「アリサちゃんはどうするの？　わたしだけがカズくんやしなってあげてもいいの？」

「そ、それはダメ！　アタシもカズマのことをやしなう！……うう、こんなのぜったいいま

ちがってるのにぃ……でもまけるのもいっしょにいられないのもいやだよぉ」

ちなみにこのすぐ後、涙目で渋々と養ってくれる宣言をするアリサの姿があったり。

こっちの幼馴染は負けず嫌いで、そして案外寂しがり屋なのであった。

時刻は早朝。生徒たちが次々登校し、どこか気だるげな空気を帯びながらも、賑《にぎ》わいを見せ始めたHR前の教室。

休み明けの月曜日ということもあって話題は豊富なのか、友人同士で集まり、雑談を交わすクラスメイトたちの姿が見える。

「ふむふむ、ライブ最高だった！『ディメンション・スターズ！』の皆可愛《かわい》すぎ！ね。うん、いい感じの反応ばかりじゃないか。悪くないな」

そんな彼らを尻目に、俺こと葛原和真《くずはらかずま》はひとりで自分の席に座りながら、スマホで記事に書かれたコメント欄を眺めているところだった。

「公式の動画も再生数伸びてるし、これはかなり手応えあるな……」

次に公式SNSにあげられたライブ動画の反応も確認していくが、評判は悪くない。いや、かなりいいと言える。

どのアカウントを見ても、参加した人は満足している感想ばかりだし、次のライブも絶対に参加すると意気込んでいるファンも数多い。

俺の運営している個人サイトの掲示板にも、『ディメンション・スターズ！』に対する好意的な反応が数多く書き込まれており、次のライブは参加しようと考えている層も一定数いるように思う。これはいい兆候と言えるだろう。

まだデビューして一年も経《た》っていない駆け出しのアイドルグループであることを踏まえれば、今の段階で相当な人気を獲得していることは事実なのだから。

「このままいけばトップアイドルも夢じゃない、か。昔からアイツ等は可愛かったけど、まさかアイドルにまでなれるとはなぁ」

雪菜たちの所属するアイドルグループ『ディメンション・スターズ！』、通称『ダメンズ』は、リーダーである年長のマシロ、年下で小悪魔っ子のルリに、清純派のセツナと銀髪ハーフのアリサで構成された、各々がバラバラの特色を持つ四人組ユニットだ。

結成初期こそ注目度はそこまで高くなかったが、メンバー全員が現役女子高生かつ並外れた美少女であり、そのビジュアルの良さから徐々に注目を浴び始め、今では新人としてはかなりの売り上げを記録するほどに成長している。

先日出した新曲『幼馴染は★寄生chu♪』はオリコンチャートでも上位に食い込んだし、現在制作中の1stアルバム『クズな貴方《あなた》も愛している♪』も、今の時点で既に予約が殺到していると、SNSでも話題になっていたほどだ。

どのメンバーもそれぞれ違った個性と抜群のルックスを持ち、皆愛想もよければ歌も上《う》手《ま》い。

おまけにどんなファンであろうとも満面の笑みを浮かべながら分け隔てなく対応するのだから、そりゃ人気が出ないほうがおかしいというものである。

……アリサに関しては、ちょっと違う方向にコア（ドM）なファンが多いそうだが。

まぁ当人たちが満足しているなら、口を挟むのも野暮だろう。

とにもかくにもこのように、『ディメンション・スターズ！』は押しも押されもせぬ人気アイドルユニットの階段を順調に昇りつつあるのだ。

そんな『ダメンズ』のメンバー全員が、この私立鳴上《なるかみ》高校の生徒であることは、ファンの間では割と有名な話である。

元々それなりの進学校で校則がかなり緩く、制服の着こなしもある程度自由であることから学生の間では人気が高い学校なのだが、現役アイドルが三人も在籍しているとあって、去年の受験生は過去最多記録を更新したという噂《うわさ》も耳にしている。

さらにメンバーで最年少のルリも入学してきたことから、校内での『ダメンズ』人気はますます加速の一途を辿《たど》っていた。

毎日休み時間になると校内の至るところで『ダメンズ』に関する話が聞こえてくるのがその証左《しょうさ》である。

生活の中に刺激を求める学生にとって、同じ学校に通うアイドルという存在は、まさに格好のネタ。尽きない話題の宝庫だ。

『ダメンズ』に関する新たな情報を常に欲しているのが、今の鳴上高校の現状なのである。

（そしてそいつらは全員気付かないうちに、俺のカモになってくれるというわけだ）

そう思うとついにやけてしまうというものだ。

なにを隠そう、俺は『ディメンション・スターズ！』を応援する個人ブログの管理人なのだから。

幼馴染《おさななじみ》が所属するアイドルグループということもあり、いち早くサイトを立ち上げて地道に活動していたのだが、『ダメンズ』の人気が出てきた今となっては連日結構な賑わいを見せる密《ひそ》かな人気サイトとなっている。

同時に広告費も入ってくるようになり、俺のふところは徐々に潤いつつあるのだが、そのことは誰にも明かしていない。

アフィリエイトで金を稼ぐにあたって、正体を晒《さら》すのは得策じゃないからな。

余計な嫉妬を買う恐れもあるし、運営者は謎の存在でいたほうが憶測を呼んで勝手に盛り上がっていくのである。

これ以外にも俺には別収入で金が転がり込んでくる環境にあるのだが、それに関しては今はおいておこう。

とにかくアイドルオタクという人種は、語り合う相手と承認欲求に飢えているのだ。

彼らは俺のサイトの掲示板で語り合うことで気分は良くなり、俺は広告でじゃぶじゃぶ稼ぐ。

　誰も損をしない、素晴らしい関係の見本と言えるだろう。幼馴染がアイドルで良かったとつくづく思う。

（実際、幼馴染がふたりとも美少女で、アイドルやってるなんて、俺って凄《すご》い恵まれてるよなぁ）

　ガチャで言えばＳＳＲ、いやＵＲ以上の価値は間違いなくあるだろう。

　そんなレア中のレアな人間を真っ先に手中に収めることに成功した優越感と勝ち組としての余裕から、思わず口角を吊り上げていると、ふと声をかけられた。

「お、葛原。なに見てんだ？」

　顔を上げると、見覚えのある男子生徒の顔がある。中学からの同級生である、佐山拓斗《さやまたくと》だ。

「佐山か。これだよこれ。昨日の『ダメンズ』のライブ。サイトに動画きてたから確認してたんだ」

　返事がてらにスマホを突き出して見せると、納得したように佐山は頷き、

「ああ、それか！　俺も観《み》に行ったけど、すごい盛り上がりだったぜ」

「そういや行くって言ってたもんな。俺も行ったけど、熱気凄かったよなぁ。ライブを重ねるごとに、確実に盛り上がってるのを感じるわ」

「だよなだよな！　あと、新曲も披露されたじゃん。あれすげー良くてさ！　えっとタイトルは確か……」

「『私のカレは♪ドクズ野郎？』だろ？　ネットにもフルで上がってるけど、明日から配信も始まるから、ファンとしちゃ購入することをオススメするぜ」

「そりゃもちろんそのつもりだよ！　しっかし、さすが葛原。すぐに曲のタイトル出てくるじゃん。初期から応援してるガチファンはやっぱ違うなぁ」

俺を眩《まぶ》しそうな目で見てくる佐山。その目にはどこか尊敬が含まれているように感じる。

「そりゃ俺は『ダメンズ』の一番のファンだからな。覚えるくらい当然のことだろ？」

「その上ふたりと幼馴染だもんな。ほんと羨ましいわ。今からでも俺と代わってくれね？」

「はは。俺より『ダメンズ』の応援を頑張るってんならな」

俺としては軽口を叩《たた》いたつもりだったが、佐山はそう受け取らなかったようだ。

少し苦笑いを浮かべると、

「そりゃちょっと厳しいな……人気が出てない頃から応援するような情熱は、さすがに俺にはなかったよ」

そう話す佐山の表情は、どこか悔しそうに見える。

実際、俺は幼馴染たちが所属する『ディメンション・スターズ！』において、ファンクラブ筆頭と言える立場にいた。

とはいえ最初期から応援してるだけだし、別に古参ぶるつもりもないのだが、それでもこうして羨ましがられるというのは悪くない。

「ま、それはそれとして、だ。なぁ葛原。あんな美少女たちが、全員うちの学校の生徒っていうのは奇跡だと思わないか？」

「んー、まぁそうかもな」

本人たち曰《いわ》く、狙ったわけではないそうだけど、ここで言及する必要もないだろう。スルーするのが得策だ。

「しかも雪菜《せつな》ちゃんとアリサちゃんのふたりがうちのクラスにいるんだぜ！　どんだけ運がいいんだって話だよな!?」

「多分アイドルやってる生徒とか扱いが面倒だから、ひとつのクラスにまとめたかったって学校の思惑がありそうだけどな。ほら、大人の事情ってやつ」

「そんなのはどうでもいい！　俺にとっちゃあのふたりと同じ教室で過ごせることが重要なんだ！　他の学校のやつらにも自慢できるしな！　この事実だけで、俺は『ダメンズ』に一生貢ぐって決めたんだぜ！」

感動をあらわにする佐山に、俺は少し冷ややかな視線を送る。

傍《はた》から聞いてるとセコいように思えるが、実際アイドルと同じ学校に通っているという事実は生徒たちにとっては重要らしく、ちょっとした自慢のタネになっているらしい。

特にこの二年D組にはふたりのアイドルが在籍している関係上、他のクラスの生徒からは羨ましがられることが多いとか。

(それで承認欲求なんかも加速するやついるらしいからなぁ。あんまり面倒なことにならないといいんだが)

まぁどうあれ佐山は友人に違いない。それに、身近にいる熱心なファンの感想を聞けるのは、俺にとっては有難いことだ。

「そりゃあ良かった。俺も雪菜やアリサの幼馴染として鼻が高いってもんだよ。これからますますもって応援していかないとな」

「おう、お互いに頑張っていこうぜ!」

細かいことは後々考えればいいことだ。

今はただ素直にお互いを讃《たた》え合うことで話は終わるはずだったのだが、この日は違った。

「そういや話は変わるんだけどさ」と、佐山が話を続けたのだ。

「ん? なんだ?」

「今日うちのクラスに転校生が来るんだってよ。それも女の子だってさ」

「転校生? この時期にか? 珍しいな」

それを聞いて、俺は少しばかり驚いた。

今は四月の半ばだ。親の転勤だというなら、春休み中に手続きを済ませて二年生に進級と同時に編入してくるのが普通だろう。その方がクラスに馴染《なじ》みやすいからだ。

現にクラスのグループはほぼ固まりかけているし、転校生の性格によってはぼっち一直線である。

（まぁうちは変わったやつも多いけど、いじめが起こるようなクラスではないし大丈夫か）

そこまで心配する必要はないと思いつつも、なんとも中途半端だし、このタイミングで転校してくる生徒は相当珍しいのではないだろうか。

「ああ、なんかいきなりだよな。朝職員室で見かけたやつがいたんだが、そいつ曰く、転校生は金髪で、しかもかなりの美少女だったとか！　まるでギャルゲーじゃん！　どんな子が来るのか楽しみだな！」

鼻息を荒くする佐山を見て、今度はこっちが呆《あき》れる番だった。

「ギャルゲーってお前、現実とゲームを一緒にすんなよ。その発言、ちょっと痛いぞ。オタク丸出しじゃねーか」

幸い聞かれてはいないようだが、あまり公《おおやけ》の場でしていい発言じゃないぞ……ドルオタばかりのクラスで取り繕っても、今更感があるけどさ。

「すまんすまん、でもこういうイベントって、やっぱテンション上がるからさぁ」

だが、せっかく忠告してやったというのに、当の佐山本人はまるで気にする様子もない。

それどころか、転校生が現れるのを今か今かと待ち望んでいるようである。

（こいつ、アイドルじゃなくても可愛《かわい》い女の子だったら誰でもいいんじゃないだろうな……）

念のため、『ダメンズ』から浮気しないよう、ちょいと釘《くぎ》を刺しておきますかね。これも俺の、ひいては幼馴染のためってやつだ。

「ま、なんにせよ、その子にとっちゃ不運だったな。なにせうちのクラスには現役アイドルがふたりもいるし、転校生がいくら可愛かろうと勝ち目はないだろ。転校イベントといってもすぐに『ダメンズ』の話題で持ち切りになると思うぜ」

「まぁそれはそうなん――」「その通りですわ！！！！！」

頷《うなず》く佐山の声をかき消すかのように、バーン！！！　という激しい音とともに、教室のドアが開け放たれた。

突如響いた轟音《ごうおん》に、教室中の視線が一点に集中するのだが、

「わたくし如《ごと》きがあの方たちに勝てるはずもありません！　いえ、勝つ必要などまるでなし！！！　『ディメンション・スターズ！』こそ、我が太陽にしてフェイバリットアイドルユニット！！！　至高にして究極の存在！！！　この世に存在することがまさに奇跡と言わざるを得ません！！！　彼女たちはこの世界を光に照らすべく遣わされた女神たちにして、現人神《あらひとがみ》そのものなのですから！！！」

そんなちょっと理解に苦しむ台詞《せりふ》をクラス中に響くほどの大声で自信満々にのたまいながら現れたのは、金色の髪をした、派手な出で立《いた》ちの美少女だった。

「そう、『ダメンズ』こそ我が命。あの女神たちについて語らせたら、わたくしはちょっとうるさいですわよ？」

そいつはなにやら満足そうに頷くと、腰まで届くほどの長髪をかきあげた。

その際朝の陽光が反射したのか、黄金の色を帯びたウェーブが輝きを放っており、なにやらキラキラしたエフェクトがかかっているように感じたのは気のせいではないだろう。

優雅といえば聞こえはいいが、教室の入口で仁王立ちしてやることでは断じてない。

「ふふ、声も出せないようですわね。『ダメンズ』の素晴らしさを説かれたら、わたくしでもつい聞き入ってしまいますもの。当然のことでしょうね」

おまけに一人称がわたくしに、ですます口調と来たもんだ。

金髪碧眼《へきがん》でやけにスタイルもいいという、まさに漫画でしか見たことのないThe・お嬢様を体現したような存在を前に、俺は呆気《あっけ》にとられてしまう。

うちの学校の制服こそ着ているものの、ある意味アイドル以上に非現実的な存在だった。

「はえー……なんかすっごいのが来たな……」

見れば教室にいたクラスメイトも皆口をあんぐり開けて、その生徒に見入っているようだった。

唐突に現れた闖入者《ちんにゅうしゃ》に戸惑いを隠せず、クラス一同総ポカン状態である。

そらそうだろう。こんな悪役令嬢みたいな濃いキャラが、朝っぱらから颯爽《さっそう》と登場してきて、あっさり順応できるほうが逆に怖い。

「それにしてもついにあの方たちと同じ学び舎《まなや》、それも同じ教室内でこれからは過ごすことができるとは……ああ！　この伊集院麗華《いじゅういんれいか》！　あまりの感動で、胸が張り裂けそうですわ！」

「あ、あの。伊集院さん？　あまり叫ばないで欲しいなぁ。あと、派手な音を立ててドアを開けられると、そのぅ、先生困るんだけど……壊したら怒られるの私だし……」

「やはり運命とは、自らの手で切り開いてこそですわね！　お父様や姫乃《ひめの》を説得してまで、転入してきた甲斐《かい》があるというものですわぁっ！」

「うぅ、自分の世界に入ってないで、お願いだから先生の話を聞いてよぉ！　怒られちゃうの私なのにぃっ！」

ついていけない周囲の人間を置き去りにしながら、ドヤ顔で自分の世界に浸る伊集院と名乗る女に涙声で背後から声をかけたのは、うちのクラスの担任である水原憂希《みずはらゆうき》先生だった。

気が弱いところがある人で、まだ新任だというのに現役アイドルがふたりまとめて放り込まれたクラスという、明らかに面倒臭そうなクラスの担任を早々に押し付けられた苦労人である。

普段は年齢が近いこともあってか、生徒からもユキちゃん先生と呼ばれて親しまれているが、今は涙目で周囲の様子をキョロキョロ窺っており、見ているこっちがなんだか可哀《かわい》想《そう》になってくる。

「あら、なんですの教諭？」

対し、派手な音を立てて登場した伊集院は、一向に周りを気にする様子はない。

整った顔を先生に向けると、睨《にら》むように目を細め、

「わたくしになにかご意見でも？　あるならおっしゃってくださって構いませんわよ。教諭からのご指摘に耳を傾けないほど、この伊集院麗華は狭量ではありませんから」

「あ、えと。と、とりあえず教室に入ってくれると助かるかなって……自己紹介して欲しいんだけど、だ、大丈夫だよね？」

言葉とは裏腹に、高圧的な態度をとる年下の女子に気圧《けお》され、愛想笑いを浮かべるユキちゃん先生。

「かしこまりましたわ」

「うん、先生はドアの立て付けを見ておくから、その間にお願いね。あと大声は出さないでね、ホント、怒られたくないから。あははは……」

言いながら、ユキちゃんは背を向けた。

その背中はひどく哀愁に満ちており、ユキちゃんに注がれる生徒たちの視線は、悲しいものを見つめるそれであった。

弱い。弱いよ先生。転校生相手に、めっちゃ舐《な》められてますやん。

きっとクラスの皆も、そう思ったことだろう。

教室の戸をガタガタと動かし、問題ないか確認する先生への同情の眼差《まなざ》しに、こっちの胸まで痛くなりそうだ。

やはり働くなんて有り得ないなと密《ひそ》かに決意を固めていると、コツリという音が耳に届く。

見ると転校生が室内に足を踏み入れているところだったが、ピンと背筋を真《ま》っ直《す》ぐに伸ばし歩く姿は、まるでどこぞのモデルのようだ。威風堂々という言葉がよく似合う。

登場早々完全に場の空気を支配したその女は、皆の注目を一身に浴びながら、泰然《たいぜん》とした態度を崩すことなく教壇の前まで来ると足を止めた。

そしてウェーブがかかったブロンドヘアーを揺らしながら、ひどく優雅に一礼すると、

「お初にお目にかかります、皆様。本日より皆様の学友として席を共にすることになる、伊集院麗華と申します。諸事情により鳴上《なるかみ》高校へと転校して参りましたが、伊集院家の娘

として、家の名に恥じないよう、努めていくつもりですわ。これからいちクラスメイトとして皆様と一緒に過ごすことになりますので、どうぞよろしくお願い致します」

「「は、はぁ……よ、よろしくっす……」」

無礼極まりない登場に対し、礼節たっぷりな挨拶をする転校生に、曖昧な返事をするクラスメイトたち。

この人、キャラ濃いな。皆、きっとこう思ったに違いない。

なんかさっきから思ってばかりな気がするが、この空気の中で確認する勇気があるやつなんざいないだろうから仕方ないのだ。

明らかに戸惑ってるはずのクラスメイトの反応に伊集院はなにやら満足そうに頷くと、ユキちゃんに確認することなく教壇を降り、こちらに向かって歩いてくる。

「さて、早速ですが、わたくしの席はどこでしょうか」

「あ、伊集院さんの席はね、葛原《くずはら》くんの」

「ああ、あそこですわね。誰も座っていない席が隣り合ってますもの。つまり指定通り、あの方の隣席を確保できたということですわね！！！」

「え、無視？　よろしくって言ってたのにそれはなくない!?　私先生なのに!?」

めちゃくちゃ戸惑ってるユキちゃんだったが、多分そういうところが舐められる原因だと思う。

それはさておき、教えてあげようとしたユキちゃんをガン無視した伊集院だったが、なにか確信があるらしく、一直線にある席に向かっているようだ。

見ると鼻息は荒いし、なんだか目も血走っているような気がするが、そこに触れてはいけないのだろう。というか、話しかけたくない。

それはクラスの総意でもあったようで、誰も伊集院に話しかけようとしなかった。心なしか、目をそらしてるやつも多く見える。

まぁ仕方ない。絡まれたら面倒なことになりそうなのは明らかだからな。

これも立派な処世術と言えるだろう。実に利口な対応だった。

そうしているうちに、伊集院はお目当ての席に着いたようだ。

「あ、あああ……こ、これが……これがあの方の……セツナ様のお机……！」

何やら感極まったように呟《つぶや》く伊集院。

だが、本当に凄《すご》いのはここからだった。何故《なぜ》か伊集院はブルリと大きく身を震わせると、

「これが我が最推しにして今世紀最強の超絶スーパーアイドル、セツナ様の生机ぇぇえっつっ…………！！！！」

(((！！？？)))

なんと、机に頬ずりをし始めたのである。

これにはさすがに仰天せざるを得なかった。というか、さっきから驚きっぱなしだ。

驚愕《きょうがく》のバーゲンセールとはこのことだろう。クラスの空気が困惑一色に染まっていく。

「ほおおおお！！　こ、これがセツナ様の席の手触り！　感触！　た、たまりませんわあああああああああああああああああ！！！！」

だというのに、転校生は一向に意に介した様子がない。

朝っぱら、しかも教室中の視線が集まっているというのにだ。

我欲の赴くままに全力で頬を机に擦《こす》り付ける姿は、まるでホラー映画にでてくる悪霊のようである。

この時点でこの転校生が並の胆力の持ち主ではないのは明白だが、金髪美少女が机に頬ずりしまくるという光景などまずお目にかかることはないだろう。まさにエグいとしか言いようがない。

(((へ、変態だ……お嬢様で、ド変態だ……)))

クラスメイトの心は、この瞬間ひとつになっていた。

これがえっちな本にありがちなドスケベお嬢様だったら、まだ救いもあったろうが、さすがに現実の単なる変態《ヘンタイ》となると色んな意味で救えない。

というか、さっき家の名に恥じないよう努めていくとか言ってた気がするんだが。

一分も経《た》たないうちに恥を晒《さら》しまくっているのはいいんだろうか。ツッコミどころがありすぎる。

あまりの奇行に、クラスメイト一同ドン引きであった。

「しゅりしゅり、しゅりしゅり……ああ、いい香りがしましゅ……これぞトップアイドルのスメル……ここに住める……転校してきて本当に良かったァ……」

「あの、ちょっといいかな」

そんな悦に入りまくっている転校生に、俺は敢《あ》えて声をかけた。

途端、鋭い碧眼《へきがん》がギョロリと動いて俺を射貫《いぬ》く。その目には不満の色がありありと映っており、邪魔されたことに憤慨しているのは明白だ。

「なんですの？　わたくしは今、至福の時間を味わっているのです。邪魔をしないで頂きたいのですが」

「そこ、後藤《ごとう》くんって男子の席なんだけど。姿が見えないから、多分今日は休んでるんじゃないかな。雪菜《せつな》の席はこっちなんだわ」

俺は自分の隣の席を指さした。転校生の席は左右空いた形になっており、頰ずりしていたのは反対側の男子生徒のものだった。

雪菜の席は俺の隣のため、二分の一の確率で彼女はハズレを引いたのである。

ちなみに後藤くんは汗かきかつポッチャリ体型の持ち主で、ナイススメルどころか夏場は若干バッドスメルがすると密かに噂《うわさ》になっている男の子であったりするのはここだけの秘密だ。

さらに言えば俺の前がアリサの席で、幼馴染《おさななじみ》に囲まれている形だったりするのだが、今は関係ないことである。

「………」

「えっと、とりあえずご愁傷様。なんかこう、残念だったな」

頬ずりの姿勢のまま固まる伊集院に思わず同情の目を向けてしまうが、彼女はやがてすっくと起き上がると、無言のまま手をパンパンと二回叩《たた》いた。

すると、教室のドアがガラリと開く。勢いが良すぎてドアの立て付けを見ていたユキちゃん先生に直撃し、「ぶっ！」と悲鳴を漏らしていたが、そんなことはお構いなしとばかりに、やたらガタイのいい黒服の男が室内に入り込んでくる。

「来たわね、黒磯《くろいそ》」

「お呼びでしょうか、お嬢様」

「この机を、今すぐ処分して頂戴。滅却してこの世から文字通り消し炭にしなさい今すぐしなさい絶対しなさい！　いいですわね！」

「はっ！　了解しました！」

伊集院に命令され、敬礼した黒服の男はすぐさま机を抱えると、そのまま一目散に教室から去っていった。

およそ一分もかかっていないだろう、あっという間の出来事。俺たちはそれを黙って見ていることしかできなかった。

ちなみに後藤くんは置き勉派であり、彼の机には教科書やノートが詰め込まれていたはずだが、それに関して触れることは誰もしなかった。急展開の連続に、頭がついていかなかったのだ。

もはやカオスと化した無言の教室内に、コホンと咳払《せきばら》いする音が小さく響く。

「…………さて、改めまして。こちらが本当のセツナ様の机ですか。先ほどの机とはまるで違う、高貴なオーラが見えますわね。教えてくれて感謝致します。貴方《あなた》、お名前は？」

「ん？　俺か？　葛原和真《かずま》だけど」

唐突に名前を聞かれたものだから、つい反射的に答えてしまう。

まぁ隠すもんでもないし、名前くらい構わないけどさ。

「そうですの。では和真様。後ほど、改めてお礼を差し上げますわ。さて、ジュルリ。そ、それでは、今度こそ……！」

伊集院《いじゅういん》が手をワキワキさせながら、雪菜の机に飛びかかろうとした時、教室のドアが再度開いた。

「あぶっ!?」

「皆、おはよう！」

ガラリという盛大な音が響くと同時に、再びドアによって顔面を強打され、潰れたヒキガエルのような声をあげるユキちゃん先生。

だがそんなこと知ったことかとばかりに、カオスな空気をかき消すような明るい挨拶とともに教室に入ってきたのは、現役JKアイドルである我が幼馴染、小鳥遊《たかなし》雪菜だった。

◇◇◇

アイドルの登場。それはまさしく、二年D組の生徒にとっての救いだった。

伊集院の存在により、ひどいことになっていた空気が、雪菜が現れたことで浄化されていくのが分かった。

「おはよう、小鳥遊さん！」

「助かったー！」

「今日は遅かったね！　やっぱり昨日ライブがあったから？」

まるで待ち望んでいたかのように、静まり返っていた教室内の時が、一気に動き出していく。

教室のあちこちから口々に雪菜への挨拶の声が飛び交うが、そのどれもに安堵《あんど》の色が混じっている。

まぁある意味救世主が到来したようなものだからな。この流れに便乗したくなるのも無理はない。言葉に出すことはなくとも、クラスの意思が一致していたのは確かである。

「うん、昨日はホテルに泊まったから、今日はマネージャーさんに送ってもらったの。それでちょっと遅くなっちゃった」

そんな救いを求めるかのようなクラスメイトたちに、雪菜は嫌な顔ひとつせず返事をしていく。

「うぅ、いったぁい……私、お嫁にいける顔してるかしら……」

「それに、先生にもごめんなさい。まさかそこにいるとは思わなくて。ドアにぶつけちゃったみたいですけど、大丈夫ですか？」

「う、うん。大丈夫……うぅ、小鳥遊さんはいい子ね。他の皆は先生のことスルーしたり敬ってこないのに。優しくされて先生泣いちゃいそう……」

「あはは。大げさですよ先生。ホラ、絆創膏《ばんそうこう》あげますから。赤くなった部分早く治るといいですね」

「た、小鳥遊さん……！　天使はここにいたのね……！」

なにやら感銘を受けたらしくさめざめと泣くユキちゃんに笑いかけた後、教室の中へと足を進める雪菜。

ただ歩いているだけなのだが、それだけでも他者とは違う華があった。

幼い頃から大きく成長した雪菜だったが、今も背は幾分か伸びており、髪もそれに合わせるかのように、背中まで届く長さを保っている。

スタイルも他の生徒とは一線を画しており、モデル顔負けだ。現に女子の何人かはため息を漏らしているし、同性から見ても優れた存在であることは間違いない。

勿論《もちろん》容姿もアイドルをやっているだけあって並外れたものを持っており、顔のパーツが完全な左右対称の形で配置されていた。

まだ高校生ということもあって未完成でありながら、まるで芸術品のような美を誇っており、そこらの女子とは比べ物にならない。いや、比べるほうが失礼と向こうから謙遜することだろう。

そんな誰もが憧れる高嶺《たかね》の花《はな》とも言える存在の美少女に、俺は気軽に声をかけた。

「よっ、雪菜。おはよーさん」

「あ、カズくん！　おはよう！」

俺の声に笑みを浮かべ、雪菜が近づいてくる。

こうして意識してみると、改めて彫像のように整った容姿だと思う。

だけどその表情は柔らかで人間味があり、作り物のような冷たさを感じることはない。むしろ温かく、見た者の目を奪っていく。誰もが羨む、完璧な美少女を体現していると言えるだろう。

まさに雪菜は、アイドルになるために生まれてきたような少女だった。

「あ、あばばばば。な、な、なませつなしゃま!? 本物!? う、うつくしすぎでは!? ぱ、ぱ、パーフェクトヒューマンがすぐそこに!!??」

ちなみに『ダメンズ』のガチファンらしい伊集院は、口をパクパクさせながら、なにやらバグったように何事かを早口で呟《つぶや》いていた。

おそらく間近で生の雪菜を直視したからだろうが、ここはスルーしておこう。

ヤブヘビなんざ突《つつ》いてもいいことなんざないからな。こういう時は、無視するに限るのである。

「昨日のライブ、良かったぜ。最高のライブだったたって大評判だし、ネットでも絶賛されてるぜ」

「ホント？　カズくんもそう思った？」

「勿論。俺の目から見ても、凄《すご》いパフォーマンスだった。アリサもだけど、最高に輝いてたよ。よく頑張ったな」

「えへへ、昨日は頑張ったから嬉《うれ》しいなぁ」

俺が褒めると、雪菜は頬を赤らめ、はにかむように微笑《ほほえ》んだ。

耐性がなかったら一発でやられそうな笑顔だ。幼馴染としての贔屓目《ひいきめ》抜きに、やはりコイツは可愛《かわい》いと思う。

こんな子に、真正面から笑顔を向けられる俺は、きっと幸せ者なんだろう——そう、色んな意味でな。

「うむ、これからも精進したまえ。そうしてたくさん稼いでくるがいい。そうすりゃ人生勝ち組待ったなしだからな」

「むっ。カズくん、その言い方はちょっとひどいよー。ファンの人たちは私のことを真剣に応援してくれてるんだから」

めっと、俺を窘《たしな》めてくる雪菜。

「私は、その期待にしっかりと応えないといけないの。そういうの抜きで、私はこれからも頑張るつもりだよ？　だからそういうことは、いくらカズくんでも言っちゃダメなんだからね？」

まるでいけないことをした子供を叱る母親のような態度だ。お母さんかなんかだろうか。まぁ迫力が皆無なので、本気で叱るつもりはないんだろう。というか、雪菜に怒られた記憶が俺の中には存在しない。

片割れのアリサになら、いくらでもあるんだがな。こっちの世話焼き幼馴染は、とことん俺に甘いのである。

「そうそう。その通りだよ小鳥遊さん。さっすが、いいこと言うなぁ……」

なにやら感激しているのか、隣で佐山《さやま》がうんうんと頷《うなず》いている。

そういやいたな。他の面子《メンツ》が濃すぎてすっかり忘れてたわ。朝からドタバタしまくりだったしな。

「なんという尊さ……素晴らしい……」「これは推せる」「私、女の子でも雪菜《せつな》ちゃん相手ならイケると思う」

辺りを見渡すと、皆佐山と同じように尊敬の目を雪菜に向けているのが分かった。

どうやら雪菜のアイドルとして模範的な回答に、各地で好感度が急上昇してるらしい。

教室のあちこちで感銘の声も上がっている。その様子を横目で確認しながら、俺は雪菜に頭を下げた。

「悪い悪い。茶化しちゃったか。雪菜は真剣にアイドルに取り組んでいるんだな」

もっとも、内心ほくそ笑んでいたんだが。こんなことで雪菜が好感度を稼げるならチョロいもんだ。

「ふふっ。そうだよ。分かってくれたらそれでいいの」

「おう。次からは気をつけるよ。それでさ、そろそろ本題に入るんだけど――」

余裕でダシになるし、泥だっていくらだって被《かぶ》ってやる。

なぜなら――

「今月分の金、持ってきてくれた？」

「うん！　さっき下ろしてきたから。はい、これ！　今月分のお小遣いだよ！」

それは巡り巡って、俺の利益になるのだから。

満面の笑みを浮かべた雪菜から差し出された封筒を見て、俺もまた笑みを浮かべるのだった。

◇◇◇

「「「え……………」」」

「お！　ありがとな！　いやあ、毎月助かってるわ。これで次のガチャも存分に回せるぜ！」

急に静まり返った教室をガン無視し、お礼の言葉を述べる俺。

忘れているとは思っていなかったが、やはりこうして直接手渡してもらえると喜びも一入《しお》である。この封筒の感触を味わえるのなら、悪役になるなど些細《ささい》なことだ。

(ククク、こんだけありゃガチャで完凸も余裕だな)

この厚みのある封筒を、いつもなら家で受け取っているのだが、今日は遊んでいるソシャゲで人権クラスの強さを持つと噂《うわさ》されている新キャラが実装される日ということもあって、一分一秒でも早く手に入れたかったのだ。

帰りのコンビニでiTones《アイトーンズ》カードを爆買いできるよう、メッセージを通して学校で渡してもらえるように頼んだのは、我ながらファインプレーと言えるだろう。

「ふふっ、先月はライブもあったし、結構貰《もら》えたから今回は奮発したんだよ？　お金足りなかったり欲しいものがあったら、その時はまた言ってね？」

「お？　いいのか!?」

「もちろん！　カズくんのお願いなら、私なんでも聞いてあげるんだから！」

「ほっほーう！」

そりゃまた、なんとも嬉しいことを言ってくれるじゃあないか。

なら遠慮する必要もないだろう。早速言われた通りに欲しいものを、俺は幼馴染《おさなじみ》に要求することにした。

「じゃあ言うけど、俺新しいスマホが欲しいんだよね。今度出る最新型のやつに買い替えたいんだわ。金出してくンね？」

「えー、この前遊んだ時に買い替えたばかりじゃない。まだ早いんじゃないかなぁ」

「いやー、デザイン良くってさ。欲しくなっちまったんだから仕方ないだろ？　な、頼むよー。なんか埋め合わせすっからー。できたらだけど」

こちらの催促に渋りを見せる雪菜。それは当然の反応だと誰もが思うだろう。

だが、俺は知っているのだ。この幼馴染が、俺の頼みを断るはずがないのだと。

「うーん。でもなぁ」

「な！　この通り！　どーしても欲しいンだわ！　お願い雪菜さん！　頼むから買ってくれ！　一生のお願い！」

手を合わせ、媚《こ》びた態度で再度お願いする。

無論、本心から頼んでいるわけじゃない。一生のお願いなんて、俺は何度もしてきたからな。

普通なら見透かされるような、あからさまな演技であることは間違いない。子供だって、きっと騙《だま》せないだろう。

だが、雪菜は違う。俺を見て彼女は小さく嘆息すると、

「うーん、こんなにお願いされたら仕方ないなぁ」

「お、それじゃあ！」

「うん。いいよ。今度一緒に買いに行こっか？　私も買い替えるから、お揃《そろ》いのにしようね？」

なんて、素晴らしいことを言ってくれるのである。幼馴染冥利に尽きるってやつだな。

実に有り難い。

「さっすが雪菜！　話が分か――」「ちょ、ちょっと待ちなさいな！」

ウキウキとした気分のまま、雪菜を褒めようとしたのだが、突如横やりが入った。

視線を向けると、そこには困惑した表情をした転校生の姿がある。

「なんだよ、伊集院《いじゅういん》。今いいとこなんだから、邪魔しないで欲しいんだが」

「あ、すみません……ではなく！　和真《かずま》様！　貴方《あなた》、セツナ様になにを仰《おっしゃ》ってるんですの!?」

唐突に俺たちの会話に割って入ってきた転校生に、思わずむっとするも、それは雪菜も同様だったようだ。

俺の名前を呼ぶ見覚えのない派手な女子に、ほんの一瞬ハイライトの消えた視線を向けると、

「和真様……？　カズくん、どういうこと？　この子とはどういう関係？　ていうか、この子誰？　私の知らない女の子と、いつの間に仲良くなってるの？」

畳み掛けるように聞いてくる。いつもと様子の違う幼馴染に若干戸惑うも、別にやましいことは何もない。

「ん？　ああ、雪菜は知らなかったか。コイツは今日うちのクラスに転校してきた転校生だよ。名前は……」

「伊集院麗華《れいか》ですわ！　『ディメンション・スターズ！』ファンクラブ№００７！　『ダメンズ』、ひいては、セツナ様の大大大ファンのひとりです！　ああ、セツナ様ぁっ！　ずっとお会いしとうございましたぁっ！」

正直に答えようとした俺の言葉を遮って、伊集院が雪菜の前に躍り出た。

一分の隙もない、完璧な身のこなしだ。虚を衝かれたこともあり、俺は話すタイミングを逸してしまう。

「えっと……」

「『ダメンズ』の1stシングル、『絶対養います宣言！』……あの神曲を耳にして以来、わたくしの頭から『ダメンズ』が離れたことなど片時もありません！　あの瞬間、全身に衝撃と電流が走りましたの！　そして悟りましたわ！　この曲、いいえ『ダメンズ』との出会いは、わたくしの運命なのだと！　『ディメンション・スターズ！』を日本、いいえ世界一のアイドルユニットにすることが、わたくしの生まれてきた使命なのです！　そのことに気付いてからは、『ダメンズ』を全力全身全霊をもって応援し続け、同時にセツナ様のことをずっとお慕いして参りました！　ですが、それだけでは我慢できず、伊集院財閥の力を使ってセツナ様の経歴を辿《たど》り、ついに転校までしてしまったのです……申し訳ございません。どうしても、貴女様《あなたさま》の近くにいたかったものですから……！」

そんなストーカー全開の発言を自ら白状し、一気にまくし立てる伊集院。

なにやら感極まったように涙を流しているが、こんなことを言われた当人の雪菜としては戸惑いしかないだろう。

事実目が泳いでるし、相当困っているのが見て取れる。

「それはその、ありがとう……？」

「いえそんな！　わたくしの勝手な行動ですから！　勿論《もちろん》、迷惑をかけたお詫《わ》びは致します。これからは『ダメンズ』を我が伊集院財閥の総力をもってサポートさせて頂きますわ！　手間もお金も一切惜しみません！　まずは日本一のアイドルユニットとなり、世を席巻《せっけん》した後に、いずれ世界へと羽ばたきましょう！　『ディメンション・スターズ！』とセツナの名を、世界に知らしめるのです！　そしてやがては、世界一のアイドルへ！　貴女はそうなるべきお方です！　いいえ、そうならないというなら、それは世界がおかしい！！！」

伊集院は完全に興奮していた。目もイっている。まさに敬愛すべき主《あるじ》に出会った信奉者《しんぽうしゃ》そのものだ。

雪菜は勿論、クラスメイト一同今日何度目かも分からぬドン引きである。

だが、俺は敢《あ》えて伊集院に話しかけることにした。今の伊集院の様子を差し置いても、気になることがあったからだ。

「伊集院って、あの伊集院財閥か？　確か世界有数って言われるレベルの、超大金持ちのとこだよな」

伊集院財閥といえば、日本どころか世界屈指の大企業として有名である。

工業や金融、医療に芸能と幅広く事業を展開しており、テレビのＣＭでも名前を見かけない日はない大財閥。日本で伊集院家の息がかかっていない企業はないとすら言われているのだから、その規模は推して知るべしだ。

そこまでいくともはや金が金を生み、何もせずとも金が無限に湧いてくるような世界の住人だろう。数代先まで余裕で遊んで暮らせる財産があるのは間違いない。

そんなスーパー金持ちである伊集院財閥のご令嬢がバックにつくというのなら、『ダメンズ』の将来が輝かしいものになるのは、もはや約束されたようなものだ。

「ええ、そうですわ……というか、貴方！　セツナ様になんという要求をしているのですか！」

「え？」

「さっきの発言、忘れたとは言わせませんことよ！　なんですか、あれは！　セツナ様に、まるで乞食《こじき》のように浅ましくタカって……！　和真様は、セツナ様と一体どういう関係なんですの!?」

声を張り上げ問いただしてくる伊集院。すごい剣幕だが、そう言われてもな。

「どういう関係って言われても、俺と雪菜はただの幼馴染だよ。その雪菜から小遣いもらって、スマホが欲しいから買ってくれって言ってるだけだろ？　別におかしなことはなにも言ってないじゃないか」

アイドルになって以来、俺は雪菜からの『お小遣い』が、毎月貰えるようになっている。

くれるというなら、断るのも忍びないし、ありがたく貰うのが人情ってもんだろ？

約束だってしたし、日頃からアイドルとしての活動を応援もしている幼馴染として、小遣いを貰うのは至極当然の権利だと思うんだが。

「なぁ、雪菜《せつな》もそう思うだろ？」

「うん。そうだよね。特に問題ないと思うよ」

「いやいやいや！　問題大アリだろ！　おかしいって！　なんで小鳥遊《たかなし》さんに頼んでんだよ！　スマホの買い替えとか、そんなの親に言って買ってもらえばいいだろ！　幼馴染とはいえ他人に、しかも同級生に頼むことじゃ、絶対ないって！」

俺の意見に雪菜は同意してくれたが、今度は佐山《さやま》が横から割って入ってくる。

なんだってんだ、どいつもこいつも。常識ってものを知らないんだろうか。

クラスメイトたちからの理不尽な問い詰めに遭い、思わずため息が零《こぼ》れてしまう。

「なに言ってんだよ。親が買ってくれるわけねーだろ。ウチの親ケチだしさ。この前雪菜に買ってもらったときだって、転勤中だってのにわざわざ海外から電話で小言言ってきたんだぜ？　あんないい子に迷惑かけんなってさ」

「いやそりゃ言うだろ!?　小鳥遊さんも買っちゃ駄目だよ！　そんな義理もないんだし、アイドルやって得たお金は自分のために使うべきだって！」

「そうですわ！　セツナ様は男になんて貢いではいけませんの！　そんな媚を売る必要な

んてありません！　貴女は『ダメンズ』のセンターとして、アイドル界の頂点に立ち、全てを従える立場にあるのですから！」

同時にツッコミを入れてくる佐山と伊集院。どうもこちらの説明に納得がいっていないらしい。

「んー、そう言われても。カズくんをたくさん楽させてあげるためにアイドルになったから、カズくんの頼みならなんでも聞いてあげたいし。私は全然構わないというか、むしろ貢ぎたいんだよね。お金なら全部あげるし、むしろ私がいないと生きていけないくらいに堕落しきって欲しいなぁって」

「セツナ様!?」

「なに言ってんだよ小鳥遊さん！　そんなんじゃコイツダメ人間どころか、寄生虫のゴミ野郎になっちまうぞ!?　ただのクズだろそんなの！　それはダメだろ、人として!!」

「ひどい言いようだなオイ」

友人の暴言に思わずツッこむも、誰も俺の話を聞いていない。皆雪菜に夢中である。

だけど、肝心の雪菜は俺に夢中なようで、俺に視線を向けて微笑《ほほえ》むと、

「うん、寄生いいよね。カズくんのことを一生養ってあげるって約束したもん。カズくんがどうしようもないクズなら私以外頼れないんだし、むしろ最高だよね。絶対私から離れることはないし、私も誰にも邪魔されずに、ずぅっとカズくんの面倒を見てあげられるん

だもん。これ以上の幸せはないよ。ね、カズくんも、私に尽くされて嬉《うれ》しいよね？　そうに決まってるよ、カズくんは絶対働きたくないんだもんね、そうだよね？」

「おう、その通りだ。一生俺のことを楽させて、そして養ってくれよ？　俺のことを働かせるような事態になったら、いくら幼馴染《おさななじみ》だからって承知しないからな？」

「うふふ。分かってるよぉ。カズくんのことは、私だけがお世話してあげるんだから……そう、アリサちゃんじゃダメ。私がカズくんを養ってあげるんだ。私だけがどうしようもないクズのカズくんのことを……ううん、クズだからこそ、私以外の女の子がカズくんを受け入れてあげられるはずないもん。だからそれでいい、それでいいんだよカズくん。もっともっとダメになってなって。私の、私だけの……うふ、うふふふ……」

なんだか雪菜の瞳が徐々に濁っていっているような気がしたが、まぁ気のせいだろう。

俺からしたら養ってくれるならなんの文句もないからな。

スポンサーも付いたし、これからますます稼いでくれることだろう。ヒャッホーイな未来はすぐそこにある。そう思っていた時のことだった。

「……いけませんわ」

「ん？」

「いけませんわ、そんなことっ！　セツナ様に寄生し、甘い汁だけ吸い取ろうなんて……そんなこと、天が許しても、このわたくしが許しませんことよっ！！」

そう叫んだのは伊集院だ。

絶対認めないとばかりに俺を睨《にら》んでくるお嬢様だったが、そんなことを言われても正直困る。

「そんなこと言われても……」

「わたくしはぜっっっったいに認めません！　覚悟しておきなさい！　この伊集院麗華がセツナ様を、『ディメンション・スターズ！』のことを、必ずや守り通してみせますからね！！！！！」

そう言い残すと、伊集院は教室から飛び出していった。

ドアを開けた際にまたもや先生から聞こえた「ぶへっ!?」っという悲鳴にツッコむ余裕もないくらい、鮮やかな撤退ぶり。

教室に残されたクラスメイトを含め、俺たちは思わず絶句してしまう。

「……なんだったの、あの人？」

「さあ……？」

過ぎ去った嵐を前にして、とりあえず、雪菜とふたりで首を傾《かし》げるしかなかったのであった。

◇◇◇

「ふぁあ～あ……」

次の日の早朝。教室へ向かう階段を昇りながら、俺はあくびを噛《か》み締めていた。

「さすがに遅くまでゲームやりすぎちまったなぁ。眠くて仕方ねーや」

目をこするも、眠気が飛んでいく気配はまるでない。

サイト更新をしながらガチャを引きまくった後、三時くらいまでゲームをやりこんでいたからな。当然っちゃ当然か。

昨日はあれからクラスメイトたちに色々聞かれて放課後帰るのが遅れたうえに、夜からはこの前見つけたお気に入りのVtuberの配信があったため、そっちを優先してたらゲームを始めるのが遅くなってしまったという事情もあった。

「あのV、いい感じで俺のこと持ち上げてくるから、ついつい構っちゃうんだよなぁ」

そいつは最近始めたばかりで視聴者も少ない、所謂《いわゆる》底辺Vtuberなのだが、配信中に俺が来るとすぐに喜ぶし、投げ銭をすると声を張り上げ、「ウッヒョー!!!　神!!!　ボクみたいなクズに、天よりの恵みをありがとうございます!!!　本当にありがとうございますカミサマァッ!!!」と、汚い声で全力で媚《こ》びてくる姿勢を、俺は高く評価していた。

人間、なかなかあそこまでプライドを捨てられるもんじゃない。声こそ汚いが、あそこまで媚びへつらわれると、まるでペットみたいで微笑ましくすらあるんだよなぁ。

それにあんなふうに持ち上げられるたびに、自分は人生の超絶勝ち組だが、こうして他人に金を恵んでやれるほど寛大で慈悲深く、勝ち組になれていないダメ人間であろうとも微笑ましく思えるほどの優しさに満ち溢《あふ》れてる男であることを再確認できて、ひどく気分がよくなるのだ。

ま、ちょっとしたストレス解消法ってやつだな。

底辺を彷徨《さまよ》うVtuberへのスパチャブン投げは、こっちは気軽に優越感を得ることが出来て、向こうは金を得られるという、互いにWin-Winの関係になれる、俺の数多い趣味の一つだった。

「あ、そういや今日は、クエストやる約束だったっけ。さっさと寝れねーじゃん。しくったなぁ」

これまた趣味のひとつにオンラインゲームがあるのだが、いつも組んでいる人が最近忙しくロクにログインも出来ない状態が続いていたのだが、ようやく暇が出来たのでまた一緒にプレイしようと、先日誘われていたのだ。

前から世話になってる人だし、約束をすっぽかすわけにもいかないだろう。色々大変みたいだったたから、課金してクエストに有利なアイテムも用意してたし、プレゼントしてあげればきっと喜んでくれるに違いない。

「とはいえ、眠いもんは眠いなぁ……途中で寝落ちしないといいんだが」

これならいっそ学校休めば良かったかなと思いつつも、ここまで来たら今更帰るという選択肢が取れるはずもなく、ふらつく足取りでえっちらおっちら無心で歩を進める。

さっさと机に突っ伏したいと思いながら、ようやっと教室の前まで辿《たど》り着くと、だるさの残る腕を持ち上げ、俺は教室のドアをガラリと開けた。

「おはよーさ……」

「遅かったじゃない、和真《かずま》」

そして挨拶をしようとしたのだが、言い終える前に、誰かによって遮られた。

「んあ？」

「んあ？　じゃないわよ。なに間抜けな返事してんの、バカ和真」

いきなり投げられた直球の罵声。思わず反論しそうになったが、本能が待ったをかける。

その声には聞き覚えがあった。というかありすぎた。

さらに日本ではまずお目にかからない、肩口で切り揃《そろ》えられたシルバーブロンドの髪が視界に入ったことで、気付けばその名前を呟《つぶや》いていたのは、自明の理というやつなんだろう。

「アリサ、か」

「ふんっ、ちゃんと覚えていたようでなによりね。シャキッとしなさいよ、この寝ぼすけ」

名前を呼んだだけでこの憎まれ口。俺に対するこの言動のキツさは、昔から変わらないこいつの特徴だ。

もはや疑いようもない。目の前にいる銀髪の美少女は、俺のもうひとりの幼馴染である月城《つきしろ》アリサで間違いなかった。

その顔は西洋人形のように整っており、スタイルも抜群。尊大な態度は自信の表れであり、事実秘めたポテンシャルやスペックは、雪菜にだって負けてはいないだろう。

勿論《もちろん》そんな存在が、そこらの一般人であるはずもなく、今は雪菜と肩を並べて『ダメンズ』のツートップを張っている、ダブルエースの片割れだ。

負けず嫌いで気も強く、ステージの上で強い輝きを放つ突出した能力の持ち主。それが俺の知るアリサという女の子である。

だがそんな自慢の幼馴染は、何故《なぜ》か呆《あき》れた顔で俺のことを見ていた。

別に機嫌を損ねる行動を取った覚えもないため、とりあえず改めて挨拶するべく、軽く右手を挙げてみる。

「とりま、おはよ。金曜以来だっけ？　それなりに顔合わせせんのは久しぶりだな」

「はいはい、おはようおはよう。ええ、そうね。アンタは相変わらず、だらしない顔してるみたいだけど」

「それには深い事情があってな。てかお前、今日は仕事じゃ……ふぁ〜あ」

思わず出た大あくびを噛み締める。いつも通りの憎まれ口を叩《たた》いてきたアリサとの会話で、多少頭は回るようになってきたものの、さすがに完全覚醒とまでは至らなかったようである。

「人前であくびしながら言っても説得力なさすぎるわよ。どうせ夜更かししたんでしょ。おじさんやおばさんが家にいないからって、ずぼらな生活したらダメだっていつも言ってるのに」

「んー、そうだな。そうだよな。でもしちゃうからしょうがないんだよなァ……」

再び襲ってきた睡魔に目をシパシパされるも、その間に雪菜《せつな》より気が強い幼馴染は、カツカツと音を立てながら、俺の方へと近づいてくる。

「あー、もう。シャッキリしなさい」

「うへ」

そして頬を両手でパンと叩かれる。

力が籠っていたわけではないため、痛くはなかったが、多少の気つけにはなったようで、少し眠気が飛んだ気がした。

「ホラ、アタシの目を見て。そして息を吸って深呼吸。ハイ、やって」

逆らう気力もなかったので、言われた通りに深呼吸を行ってみる。

眠気覚ましに有効な手段として知られているだけあって、意外と効果があるらしい。アリサの青い瞳を見ながら数回呼吸を繰り返すと、ようやく頭が働きだしたのが分かった。

「もう平気？」

「ん、もう大丈夫そうだ。ありがとアリサ」

「うん……って、寝癖ついてるじゃない。全く、アタシがついていないと、和真はすぐこうなるんだから……」

今度は母親みたいなことを言いながら、背伸びをして俺の頭を撫《な》でてくるアリサ。

すぐ近くにある幼馴染の整った顔を眺めながら、内心思わずひとりごちた。

(相変わらず面倒見がいいというか、無防備なとこのあるやつだなぁ)

どうもアリサは雪菜と違い、いまいちアイドルの自覚に欠けている節がある。

積極的に俺の面倒を見てこようとするのは相変わらずだが、距離がどうにも近いのだ。

こっちとしてはやってくれるなら助かるのは確かだが、ここは人目のある教室である。

朝の教室なんて大抵騒がしいものだが、今は妙に静かであり、ちょっと視線をずらせば周りがこっちを見てることなど丸分かりだ。

昨日は伊集院《いじゅういん》の登場もあって、雪菜が来ても皆終始浮ついた雰囲気があったものだが、今はあの転校生の姿がない。

それもあってか、特に男連中は俺たち……というか俺のことを、嫉妬の籠った眼差《まなざ》しでガン見しているではありませんか。

「殺す……なんであんなクズが月城さんに……」「俺、『ダメンズ』じゃアリサちゃんが最推しなのにぃ……」「こんなのNTRだろ……胸が痛い……でも、なんでだ？　それが逆に気持ちいい……！」

うん、怖いっすね。普通に身の危険を感じるわ。

クラスメイトたちの目には殺気すら漂っているように感じるのは、気のせいではないだろう。

なんか変なことを言ってるやつが中にはいたが、それはスルーさせてもらう。

「ホラ、ネクタイも曲がってるじゃない。アンタって、いつまで経《た》っても手がかかるんだから。雪菜は甘えさせるだけで叱らないし、やっぱりアタシがしっかりしないと……」

今度はネクタイの手直しまで始めたアリサを上から眺めながら、俺はさっき言いかけたことを聞いてみた。

「アリサ。お前、今日は仕事じゃなかったのか？」

昨日はアリサが仕事で学校を休むという話をあらかじめ聞いていたのだが、そういえば今日の予定は聞いていなかったことを思い出したからだ。

『ディメンション・スターズ！』自体の人気が出始めているのは確かだが、実は『ダメンズ』はメンバーのひとりひとりが、それぞれ注目度が高いユニットである。

方向性の違う美少女たちで構成されているのもあって、仕事を幅広く受けられるのもひとつの強みとして挙げられているくらいだ。

そのためか、それぞれに別件で仕事が入ることが最近はよくあるのだという。

アリサがここにいるのに雪菜の姿がないのは、入れ替わりで雪菜が今日は仕事で来られないからなのかもしれないな。

そんなことを考えていると、アリサは上目遣いで俺を見てきたが、すぐに興味なさそうに視線をネクタイへと戻して話し出す。

「今日はお休み。ちなみに雪菜に仕事が入ったから、今日はあの子は来ないわよ。幼馴染《おさななじみ》が揃わなくて残念だったわね」

「ふーん、そっか」

予想がどうやら当たったようだ。とはいえ、そこはそんなに気にしてないので、適当に流しておく。まぁ用があったといえばあったので、少し残念といえばそうなのだが。

(昨日は課金しまくったりスパチャ投げたりで使いすぎたから、追加で金を貰《もら》えたらと思ってたんだけどな……ま、そういうことなら仕方ないか)

俺のために金を稼いできてくれるんだから、文句は言えん。

仕事を休ませて金をよこせと言うほど、俺は屑《くず》でもないし鬼畜でもないからな。

だからこの話はこれで終わりのつもりだったのだが、アリサのほうは違ったらしい。

俺の適当な返事が不満だったのか、あからさまに眉をひそめると、睨《にら》むように鋭い目を向けてくる。

「……なに？　アタシじゃ不満だって言うの？」

「いやいや！　別にそんなことないって！　俺はアリサに会えて嬉《うれ》しいってちゃんと思ってるよ。だから機嫌悪くすんなって、な？」

内心ミスったと思いながらも、ケアと否定を同時に行い取り繕う。

アリサは怒らせると面倒なところがあるからな。長年の経験からそこらへんの対処法はとっくに学習しているのである。

「ならいいけど……よしっと。うん、これでいいかな。身だしなみはちゃんとしておきなさいよね」

「おう。あんがとな。まぁ俺の場合元がいいから、イケメンがさらに超イケメンになるだけなんだけどな」

「ふふっ、なによそれ。アンタ、昔からそういうとこ変わらないわね」

俺の軽口に、アリサは小さく笑う。吸い込まれるような、柔らかい表情をしている。

どうやら少しは機嫌が直ったらしい。

「事実だからな。それに、卑屈になって否定するよりよっぽどいいだろ？」

「はいはい、そりゃね。でもね和真。アンタの場合は顔がどうこうよりも、肝心の中身が

――「ちょ、ちょっとアリサ！　タンマタンマ！　そこでストーップ！」

いい感じの空気が俺たちの間に流れていたのだが、そこに割って入る声があった。

「どうしたのよたまき。なにか用でもあるの？」

「いや、用もなにも、さっきから聞いてたら、話脱線しまくりじゃん！　ウチ、昨日のこと話したよね!?　アリサから葛原《くずはら》くんに注意してくれるんじゃなかったの!?」

「あ、そういえば……」

「しっかりしてよ。雪菜は話聞いてくれないし、アリサが頼みなんだから……」

そう言ってため息をつくのは、アリサの友人の猫宮《ねこみや》たまきだ。

猫のようなつり目と、肩口で揃えたミディアムボブの髪が特徴の、中学の頃からの同級生。

家は特に金持ちというわけではなかったと記憶している。

幼馴染の友人ということもあって、俺にとっても見知った相手ではあるのだが、今は何故かジト目でこちらを見ているうえに、その視線はやけに冷たい。

俺、なんか悪いことしたっけ？　謎だ。

「ごめんね。和真がだらしない格好してたから、ついいつもの癖がでちゃって」

「昔からそういうことあるのは知ってたけど、今回は叱るほうを優先してよ。さすがに友達からお金巻き上げてるの見てたら、黙ってはいられ――「その通りですわ！！！」

大声が響いた直後、バーン！！！　という激しい音とともに、教室のドアが開かれた。

激しくデジャヴを感じる流れに、クラス一同の視線がドアの方へと向けられるも、そこには案の定というべきか、予想通りの人物の姿があった。

「我が女神にしてマイフェイバリットアイドル、セツナ様から金銭を巻き上げようなどという下劣な精神。まさしく万死に値しますわ。決して許されることではありません！　たとえ天が許しても、この伊集院麗華《れいか》が許しませんことよ！！！」

その人物とは言わずもがな、昨日に続いてド派手な登場をぶちかました転校生、伊集院である。

当然といえば当然だが、登場したのが誰か分かった瞬間、教室内のテンションが急激に冷え込んでいく。

(((うわ、出たよ……)))

皆口に出すことはなかったが、内心そう呟《つぶや》いただろうことが空気で分かった。

例えるなら、電車の中で酔っ払いに絡まれた時のような、逃げ場のない居たたまれなさといったところか。

ちなみに昨日と同じく、クラスメイトは伊集院の登場以降、誰ひとり声を発していない。

ユキちゃんもまだ来ておらず、誰もが伊集院から目をそらしているところだった。関わりたくないと考えてるのがよく分かる。

一日でここまでクラスの意見が一致することなど、本来ならば有り得ないことだが、この転校生のキャラは、それだけ強烈で鮮烈だったのだ。

登場から退場まで、おそらく三十分もかからなかったと思うが、伊集院の場合はあまりにも登場のインパクトがデカすぎた。

こんな濃いやつ、忘れることなどそうそうできるはずがない。

「昨日はあまりの衝撃に、つい勢いで帰宅してしまいましたが、今日は違いますわよ。覚悟しなさい葛原和真《かずま》！　今日は貴方《あなた》に言いたいことが……って、フオオオオッッッ！！！」

ほら、早速このテンションだし。伊集院は目を見開いてアリサのことをガン見すると、

「も、もしやそこにおられるダイヤの如《ごと》き眩《まばゆ》いばかりの光を放っている絶世の美少女は、『ダメンズ』のツンデレ女王アリサ様では！！？？」

「え？　ア、アタシ？　え、えーと。そう、だけど……」

「やはり！！！　ああ、月を幻想させる静かに輝くシルバーブロンド！　神々が創りし宝石と言わざるを得ない蒼《あお》き瞳！　そしてなにより女神すら嫉妬して膝をつく圧倒的なオーラ！！！　セツナ様もそうでしたが、あまりにも格が違う……！　生アリサ様を前にして、わたくしの目はイカロスの翼のように溶けてしまいそうですわああああああああ！！！！！」

凄《すさ》まじい盛り上がりっぷりである。

どこぞの劇団員のようなオーバーリアクションと無駄な語彙力を発揮しつつ、さらに雄《お》叫《たけ》びまであげるものだから、こっちはもう完全に置いてけぼりだ。

「あ、あはは……え、なにこの子……なんでこんなに元気なの……？」

朝っぱらから突然現れたやたらうるさい見知らぬ女子に、さすがのアリサも頬を引きつらせていた。その気持ちは大いに分かる。俺たちも昨日そうだったからな。

朝っぱらからハイテンションな元気すぎるほど元気なお嬢様に、クラス一同現在辟易《へきえき》真っ最中だ。

（（テンション高けぇしめんどくせぇ……））

朝の教室には早くもげんなりした雰囲気が漂っていたが、明らかにトリップしている『ダメンズ』の厄介ファン兼金髪派手派手転校生にわざわざ声をかける人間などいるはずがない。

ヘタレと言うなかれ。皆、藪《やぶ》をつついて蛇が出るのが嫌なのだ。

よって、チャイムが鳴るまでの間、伊集院《いじゅういん》のはた迷惑な独壇場が続くかと思われたのだが……。

「なに朝から叫んでるんですか、お嬢様」

呆《あき》れた声がふと響く。誰かが伊集院を呼び止めたのだ。

だが、聞き覚えがない声だ。誰だろうという頭に浮かんだ疑問の答えは、彼女の後ろに立つ人影により、すぐに判明することになる。

「姫乃《ひめの》！　これが叫ばずにいられますか！　生アリサ様が目の前にいるんですわよ！　ファンなら当然の行為でしてよ！」

「いや、ファン以前に伊集院財閥のご令嬢として行動して頂きたいのですが。みっともないにもほどがありますし」

そう静かに語るのは、俺たちと同じ年頃の女の子だった。

青みを帯びた黒髪を綺麗《きれい》に切りそろえた姫カットのその子は、伊集院の後ろにピッタリ張り付いていたらしい。

「アリサ様を前にして、伊集院財閥の令嬢としての威厳を保てと？　否！　ファンとして出来るはずがありませんわ！　推しを前にして冷静でいられるほど、わたくしは人間が出来てはいません！　この幸運の前には、伊集院財閥の肩書きなど紙くず同然なのですわ！」

「いや、幸運どころか必然じゃないですか。狙って転校してきたわけですし。ファンを名乗ってるのに権力を行使しまくってるのはどうかとわたしは思いますけどね」

反論に反論で返すその声は、どこまでも冷ややかだった。

ツッコミもキツいし、完全に面倒臭いと思ってることがありありと伝わってくる、そんな声だ。

「ぐぬぬぬ……」

「そもそもお嬢様は事を焦りすぎです。おまけに欲望に忠実で思い込みも激しいという救えなさですし。だいたい、例の葛原和真様のことはよろしいんですか？」

押し黙る伊集院に諭すように話す少女の口から唐突に呟かれる俺の名前。

それを聞いて、伊集院の顔色が即座に変わる。

「はっ⁉　そうでしたわ、ナイスですわよ姫乃！　今優先すべきは葛原和真！　では早速」

「だから焦りすぎです。まずは彼の言い分を聞くのが先ではないでしょうか。なんらかの事情があるかもしれませんし」

「ですが姫乃！　この方は、わたくしのセツナ様を洗脳して金銭を巻き上げ、あまつさえ毒牙にかけようとしているんですのよ！　事態は一刻を争うのです！　このようなクズとしか言い切れない者は、あの方に害しか与えないことは分かるでしょう？　すぐにでもセツナ様を和真様から引き剝がし解放してあげなくては、わたくしは悔やんでも悔やみきれません！」

「申し訳ありませんが、わたしとしてはその話も眉唾物です。実際にこの目で見てないのは勿論《もちろん》ですが、なにせお嬢様は思い込みが激しいですし。特に『ダメンズ』に関しては盲目になりがちのため、あの方たちに関連する話は、イマイチ信用できませんからね。さり気なくわたくしのセツナ様とか言っちゃってますし」

「な、なんと……！　わたくしの言葉を信用出来ないと!?　それが雇い主に対する態度ですか!?」

「昨日『ダメンズ』の皆さんと同じ学校に通えるとウッキウキで登校したと思ったら、一時間で帰ってきて泣きつかれたのはわたしなんですが。ぶっちゃけ愚痴を聞くのめんどくさかったですし、おかげでわたしまで転校することになったんですよ。制服も間に合わなかったし、愚痴のひとつも吐きたくなるというものでしょうに」

「ぐ、ぐぬぬぬ……」

姫乃と呼ばれた少女に言い負かされ、悔しそうに歯噛《はが》みする伊集院。

相変わらず全てを置き去りにして話が展開されていたが、それ以上に目を惹《ひ》くのは、伊集院を説教する女の子の服装だ。

「あれってメイド服だよな……？」

そう、メイド。メイドだ。そこに見えるは、まがうことなくメイド服。

あまりに特徴的すぎるその姿に、クラスメイトもざわめき出す。

主な配色が黒という点に関しては共通してはいるものの、ブレザーであるうちの学校の制服とは全く違い、全体を包み込むようなワンピースに、白いエプロン。さらにはフリルの付いたカチューシャまで付けた、どの角度から見ても完璧な美少女メイドさんそのものである。

完璧すぎて逆に違和感がなかったが、こうして見るとメイド衣装というのは、学校という場において異質もいいとこだ。文化祭でやるコスプレ喫茶ならまだ分かるが、授業のある平日にメイドさんが学生服の中に交ざっている状況は、ツッコミどころが多すぎる。

ざわつく教室の空気に今更ながら気付いたのか、そのメイドさんはこちらに振り向き、深々とお辞儀をすると、

「ああ、皆様。ご挨拶が遅れて申し訳ございません。わたしは麗華お嬢様お付きのメイド、一之瀬《いちのせ》姫乃と申します。一日遅れでありますが、本日から私も皆様と同じクラスにて席を並べ、勉学を共にすることとなりました。どうぞよろしくお願い致します」

そう告げてきた。昨日の伊集院同様、その挨拶は実に礼儀正しいものであったが、一之瀬と名乗ったメイドの放った言葉は、この場において混乱を加速させる要因にしかならない。

「えっと、つまり一之瀬さんも、うちのクラスの転校生ってこと……？」

「はい、そうなりますね」

「あ、そうなんだ……あ、あはは……」

頷《うなず》く一之瀬を見て、質問した猫宮の頬が引きつったのを俺は見逃さなかった。

続けて「これなんてラノベ？」なんて呟きも聞こえた気がしたが、それについては同感しかない。

またもこのクラスに転校生が現れたのだ。イベントと登場人物が盛り沢山である。というか、盛りすぎだろ。展開が速すぎて流れについていけないんだが。なんだこれ。

「ちなみに席はお嬢様の隣となっている手はずですので。近くにいらっしゃる方は仲良くしてくれると助かります」

いや、そこは後藤《ごとう》くんの席だったはずなんだが。

見ると昨日片付けられた後藤くんの机のところには新しい机が確かに配置されている。

それはいいとして、隔離されたかのように一番後ろにポツンと配置されている机があるが、あそこが後藤くんの新たな席ということなのだろうか。あれじゃ完全にぼっちの特等席なんだが。

「不憫《ふびん》な……」

俺は同情せずにはいられなかった。今日も姿は見えないが、後藤くんが登校してきたら泣くのではないだろうか。

そもそも教科書もノートもなくなってるので、授業を受けられるかも怪しい。さらに隣の生徒がいないから、教科書を見せてくれる人もいないという詰みっぷりだ。

ぼっち・〇・ろっく！　な事態ではあるが、クラスメイトによるいじめだと誤解しないでくれることを祈るしかない。

まぁそれはともかくとして……。

(なんだこのカオス)

昨日も大概だったのに、まだ続くというんだろうか。

「次から次に、いったいなにが起こってるの……？」

そう額に汗をかきながら呟《つぶや》く猫宮《ねこみや》の言葉に、クラス一同頷くしかないのであった。

◇◇◇

さて、もはやカオス空間と化した教室だったが、その中でも一際ついていけない人物がいた。

「えっと、これどういう状況なの？」

そう誰にともなく問いかけるのは、なにを隠そうアリサである。

「転校生がメイド服着てることにもまずツッコミたいんだけど、他にも知らない子がいるし。アタシが仕事で休んでいる間に、一体なにがどうなってるのよ」

「それはわたくしが説明致しますわ！」

昨日いなかったこともあり、この場で一番現状を把握しきれておらず戸惑うアリサの前に、即座に割って入ってきたのは伊集院だ。

混乱の元凶であるというのに憧れのアイドルと話せる好機と見て、すかさず動ける行動力は素直に凄《すご》いと思う。

「わたくしの名は伊集院麗華《れいか》！　『ディメンション・スターズ！』ファンクラブNo.007にして――『ダメンズ』のストーカーだ。特に雪菜《せつな》にご執心らしくて、個人情報調べて昨日転校してきたんだとさ。財閥パワーがなければただの犯罪者だな」――って貴方《あなた》！　アリサ様の前で、なに言ってますの!?」

が、さすがにややこしくなりそうなんで、俺も話に割り込ませてもらった。アリサに変なこと吹き込まれても困るからな。

伊集院は驚愕《きょうがく》の眼差《まなざ》しで俺を見るが、言ってることは事実で間違いないのだ。

アリサとメイドさんを除くここにいる全員が、俺の発言が正しいと証明してくれるだろう。理は完全にこちらにある。

「え、ストーカー？　仮にもアイドルとしてそういうのは困るんだけど……てか派手ねこの子。声も大きいし、これでストーカーとか出来るの？」

「アリサ様！　この方の言葉はどうか信じないで下さいませ！　わたくしは純粋に貴女方《あなたがた》をお慕いしてここに来たのです！　決してやましい気持ちなど一切ございません！　ええ、ありませんとも！」

鼻息を荒くしてアリサに迫る伊集院を見て、その言葉が正しいと思うやつが果たしてどれほどいるのだろうか。

まるで信じてないクラス一同を代表するように、はっちゃけストーカーの後ろに立つメイドさんは主《あるじ》の背中に冷ややかな視線を送りながら、ひとつ大きなため息をつくと、

「あ、お嬢様が言ってることはウソですから。『同じクラスになれるのですし、そのまま仲良くなって修学旅行あたりで同衾《どうきん》出来れば最高ですわねウヒヒヒ』と、この前寝言で言っていました。普通にやましい気持ちは多々あると思いますので、警戒していたほうがよろしいかと」

「姫乃!? なんでそれを今言いますの!?」

「いや、さすがに雇い主がガチの犯罪者になられるとわたしも困りますし。ぶっちゃけ自分のための忠告なので、お嬢様はお気になさらず」

「貴女はわたくしのことをなんだと思ってますの!!??」

メイドさんは大人しそうな容姿に似合わず辛辣だった。

てか伊集院さんよ。アンタ自分のメイドにも普通に裏切られてますやん。

さてはコイツ、人望はあまりないな？ まぁこれまでの言動からして、それはなんとなく分かるけどさ。欲望に走りすぎなのは見て取れるしそりゃ周りだって呆れるわ。

従者に食って掛かってる隙に、やベーやつな金髪お嬢様から距離を取っていると、隣で同じように移動していたアリサと目が合った。

「はぁ……なんかこう、凄いことになってるわね……」

「それには全くもって同意する」

同時にため息をつく俺たちだったが、それも無理からぬことだと思う。呆《あき》れた様子のアリサに頷きを返すと、俺は改めて教室を見回した。

『…………』

……うん、全員見事に固まってるな。中には上の空で天井を見上げているやつまでいる。おそらく思考を放棄しているんだろう。気持ちはわかるからなにも言わんが、そんなんでこれから先やっていけるんだろうかと、余計な気を回しそうになる。

「あ、あの、アリサ。ちょっといい？」

そんな中、いつの間にか忍び足で近づいてきた猫宮が、アリサの腕を遠慮がちにつついていた。

「ん？　どうしたのたまき？」

「さっきの話の続きなんだけど、葛原《くずはら》くんに言ってあげてよ。雪菜からお金を貰《もら》ったりするなって。このままだと有耶無耶《うやむや》になっちゃいそうだし、今のうちにアリサからビシッと言って欲しいんだけど……」

小声でそう言うと、ジト目でこっちを見てくる猫宮。どうやらさっきのことを忘れていなかったらしい。

未《いま》だ転校生コンビが言い争いをしているなかでその話を蒸し返してくるとは、中々に肝が太いようだ。

言われたアリサは一瞬ハッとしたような顔をすると、改めて俺を見てくる。

「そうね。アタシからも言いたいことあったし……ねぇ和真《かずま》、アンタ雪菜からお金貰ってるけど、なにに使ってるの？」

「なにって……わざわざ言う必要があるのか？　そんなの個人の自由だろ。そもそもが同意の上で貰ってるんだからさ」

受け取った以上は俺の金だ。文句を言われる筋合いなんざどこにもない。

だが、俺の言い分に納得出来なかったのか、アリサはキッとこちらを睨《にら》んでくると、

「いいから答えなさい。アタシの言うことが聞けないの？」

「………………むぅ」

参った。俺はこの目に弱い。

親に怒られても大して気にしないのだが、アリサに怒られることに関しては昔からどうにも苦手なのだ。

基本的に間違ったことは言わないし、俺のことを考えてくれているのが分かるからだろうか。

逆らうのが悪い気がして、結局アリサに従ってしまうのである。

そしてそれは、今回も例外じゃあない。

「はぁ……分かったよ。言うからそんな目で見ないでくれ」

　大人しく観念した俺は、言われた通りに白状することにしたが、内容的にそんな大したもんでもない。

「ん、それでよろしい」

「とはいえ、別に使い道は普通だぞ。ソシャゲに課金してガチャ回したり、Vtuberにスパチャ投げたりがメインだな。後はゲームとかPC周りのパーツを買い漁《あさ》ったりとかしてるけど、高校生としちゃ問題ない範囲だろ」

「……確かに普通といえば普通だけど。でもそれ、どれくらいお金使ってるの？」

　釈然としない様子で猫宮が聞いてくる。まぁここまで言ったら同じだし、隠すほどのことでもないので素直に答えることにした。

「ん？　全部だけど」

「え？」

「だから全部だよ。気付いたらなくなってンだわ。ガチャで引くキャラは武器は完凸しないとスッキリしないし、スパチャも気持ちよく投げてたらなくなってることがほとんどでさ。パソコンはスペック要求してくとキリがないし、グラボ買い替えとかしてると気付けば金飛んでくんだよなァ」

　金をかければかけるだけ飛んでいくが、これぱっかりは仕方ない。

趣味なんてそんなもんだしな。好きなことやってるのにストレスを溜《た》めたら本末転倒だというのが俺の持論だ。

「ええ……」

「一応余ったら適当に高いホテルに泊まってみたり、美味《うま》いもん食いまくってたりはしているな。この前は回らない寿司屋《すしや》とか行ってみたが、なかなか悪くなかったぞ。将来的には一日貸し切りでコスプレバニー喫茶とかやってみたくはあるな」

「うわぁ……」

「あ、バニーといえば、昨日は最近ハマってるソシャゲの『バニーバッカイル』と『ウサ娘プリティーバーニー』が同時にガチャ更新きてさ。どっちも人権クラスの人気キャラだったから完凸したんだよ。特に『バニーバッカイル』は通称『バニバカ』と言われるくらいバニーキャラしかガチャで出さない素晴らしいゲームでな！　バニーガール好きの俺としては回さざるを得なかったンだわ。分かるだろ、この気持ち？」

「いや、分かんないし。バカは葛原くんでしょ。使い道限度越してるし、やってること完全にバカそのものじゃん」

「なんてことを言うんだお前は」

人を面と向かってバカ呼ばわりとは失敬な。

別に高級外車買ったり女の子と遊び回ってるわけでもないんだし、一般的な男子高校生としてはかなり健全な使い方をしてる方だと思うぞ。

「やっぱりロクな使い方してないじゃない。貰ったそばから全部使っちゃってるとか、どうせ貯金だってしてないんでしょ？」

「いやー、実はそうなんだわ。昨日はガチャ動画ネットにあげた後、買った新作ゲーム朝の三時くらいまでしてたんだが、推しのVtuberが配信もしててさ。ゲームやりながら適当にスパチャぶん投げてたら、金結構トンでたんだわ。おかげでもうスッカラカンでさ。いや財布が軽いのなんの。もっとリスナーのこと考えて配信して欲しいよなぁ、全くもって参ったぜ」

「参ったもクソもないじゃん。クズじゃん。やってること、めっちゃクズじゃん。お金貰ってやることがそれとか、ヒモ以下のガチクズじゃん。おまけに悪気がないとかタチ悪すぎてドン引きじゃん」

「お前、さっきから俺のことをボロクソに言い過ぎだろ。泣くぞ」

人のことを散々に言ってくる猫宮に憤慨する。

俺は人気のないVtuberに金を恵んでやってる聖人だぞ。

クズとか言われる筋合いはないし、むしろ褒められて然《しか》るべきだと思うんだが。

「まぁそんなわけで、もう金ねンだわ。購買でなんも買えないくらいスッカラカンなんだよなー」

「ハァ……アンタって、ほんとどうしようもないやつね……」

俺の説明を聞き、ため息をつくアリサ。敢《あ》えてあっけらかんと言ったつもりだったが、どうも呆れているらしい。

「その様子じゃ、どうせ雪菜にお金の催促するつもりだったんでしょ」

「あ、分かる?」

「分かるわよ。何年の付き合いだと思ってるの。バカ和真」

どうもさっきからのやり取りで、アリサの不満も溜まっているようだった。なにやってんだコイツとばかりに、白けた目を向けてくると、

「アンタね、そんなんじゃダメでしょ。おばさんたちも嘆いてたわよ、育て方間違ったって。雪菜がいい子なのをいいことに、お金貰って散財しまくるとか、少しは反省しなさい!」

「そう! その通り! いいよ、アリサ! もっと言ってあげて!」

アリサの言い分に賛同する猫宮《ねこみや》。

いや、猫宮だけじゃなく、教室のあちこちから「そうだそうだ」という声が聞こえてくる。

流れで強い奴《やつ》に乗っかろうとする精神は嫌いじゃないが、自分がやられてみると普通に腹立つな……。

「さすがですわアリサ様！　わたくしたちが言えないことを平然と言ってのけるその姿！　そこにシビれますし憧れますわ！　元々箱推しではありましたが、この決然としたお姿はやはり推せる！！！」

「お嬢様、ほんと節操ありませんね」

さっきまで会話劇を繰り広げていた転校生主従も、いつの間にか大きく頷《うなず》きながらこっちを見ている始末だ。

雪菜《せつな》がいればまた話は違ったのかもしれないが、いないものはどうしようもない。もはやこの教室には、俺の味方はどこにも存在しなかった。

「むぅ……」

言い知れぬ孤独感と針のむしろの気分を味わい、思わず落ち込む。

そんな俺に、アリサはまたもや呆れた目を向けてくるのだが……。

「全くもう……本当にしょうがないやつなんだから」

「いやー、さっすがアリサ！　やっぱりアリサは頼りになる……」

「本当に、和真にはアタシがいないと駄目なんだから」

「よねって………え？」

「和真には、アタシが必要なのがよく分かったわ。まったく、いつまで経《た》っても手がかかるんだから……」

「ア、アリサ？」

そんなことを呟《つぶや》きながら、俺に厳しい幼馴染《おさななじみ》は猫宮の言葉を無視するように制服のポケットに手を入れると、

「ほら、アタシからもお小遣い！　もうこれ以上雪菜に迷惑かけたり、無駄遣いなんてしちゃダメなんだからね！」

目をそらし、顔を赤らめながら、厚みのある封筒を手渡してくれるのだった。

やったぜ！

◇◇◇

「「……は？」」

「サンキュー！　やっぱ持つべきものは世話焼きでアイドルな、最高の幼馴染だな！　やっぱ俺、お前のことが大好きだぞ、アリサ！」

「ちょ、ちょっと！　なに言ってるのよ、皆見てるじゃない！　そんなこと、気軽に言われても嬉《うれ》しくなんかないんだからねっ！」

「周りのことなんて気にすんなよ。アリサは俺のことを考えて怒ってくれたんだろ？　ちゃんと分かってるよ。いつもありがとな。本当に感謝してるよ、アリサ」

「……わかったならいいけど。アタシだって別に鬼じゃないし、和真がちゃんとしてくれるなら、アタシは……」

「「「は？？？」」」

「大丈夫だって。反省してるし、感謝してる。このお金は大切に使わせてもらうよ……なるべくだけど。多分、きっと」

「そうしてよね。アタシじゃなく、いつも雪菜ばっかりに泣きつくんだから……もっとアタシのことも頼りなさいよね、このバカ和真」

「なんだ、気にしてたのか？　そりゃ雪菜も大事だけど……なぁアリサ。お前だって、俺にとっては、すごく大切な幼馴染だよ。お前がいてくれて、本当に良かったと思ってるんだからな？」

「～～～！　べ、別にそういうわけじゃないわよ！　ただ……そう言ってくれるのは、その、嬉しい、かも……」

「「「は？？？？？？？？？」」」

「何度だって言うさ。アリサはずっと昔から、俺にとって本当に大切な存在なんだ。これからも、ずっと俺のそばにいてほしい。そして、俺を養ってくれないかな？」

「………もぅ、この馬鹿。雪菜だけだと不安だし、仕方なく。仕方なくなんだからね！　誤解してもらったら困るんだから！」

「「「は？？？？？？？？？？？？」」」

「…………しちゃ、ダメなのか？」

「え…………」

「アリサ……」

「和真《かずま》……」

「ちょ、ちょっとタンマァッ！！？？」

いい感じの空気を出しつつ見つめ合う俺とアリサの間に割って入ったのは、猫宮だった。

ちっ、邪魔しおってからに。お邪魔虫め。

「な、なによ、たまき。今いいところだったのに……」

「なにやってんのアリサ!?　いや、ほんとになにやってんの!?」

あーあ、やっぱ人がいるとこで好感度なんて稼ごうとするもんじゃないな。

それはそれとして、クラスの視線は俺から外れ、女子ふたりへと集中したようだ。

今がチャンスだろう。この間にこっそりと、俺は封筒の中身を確認する。

「え、なにって……言われた通り、ちゃんと和真のことを叱ったじゃない。和真も反省したみたいだし、ご褒美にお小遣いあげただけだけど……」

「叱ったところまでは良かったよ!? 確かにそこは頼んだ通りだったしありがとうだけど、でもなんでその後の流れでお小遣いなんてあげるの!!?? 訳分かんないんだけど!!??」

ひーふーみーっと……おお、結構あるな!

さすがアリサ。雪菜と違って小遣いくれるときに小言を言ってくるのだが、その分一回に渡してくれる金額は雪菜以上に奮発してくれるから、そこは嬉しいポイントだ。

アリサにも言ったが、減った分大事に使わないといかんしな。月末のガチャ代は、それこそ別枠で取っておかねばなるまいて。

「だって、さっきの話聞く限り、和真がお金ないのは本当みたいだもの。なにも食べられないのは可哀想《かわいそう》だし、放っておいたらどうせアタシじゃなく雪菜に泣きつくもの……別に嫉妬してるってわけじゃないけど、そうされるのは、ちょっと嫌だし」

「いや、それ葛原《くずはら》くんの自業自得だし!? アリサには関係ないじゃん!? 嫉妬する場面でもないし気にする必要全然ないよ!?」

「あるわよ。だってアタシは和真のこと……ううん、幼馴染だもの。アタシが面倒を見ないといけないし、ちゃんとお説教して悪いことをしてることを分からせてからお金をあげれば、全部丸く収まるじゃない?」

「収まらないよ!? 全然全く収まってないし!? 葛原くんお金もらって喜んで終わってた

じゃん！　あれじゃ反省もクソもないよ⁉　あと最後の方明らかに言ってることおかしいよ！！？？　優しさを履き違えまくってるよそれは！！！？？？」

こういう時、面倒をみてくれる幼馴染がいてくれて良かったとつくづく思う。

やっぱ俺って勝ち組だわ。ウッヒョーイな人生は、確実に我が手中に収まっていること間違いなし！

そう思っていた時のことだった。

「葛原和真ァッ！！！！！」

「んあ？」

名前を呼ばれたので顔をあげると、そこには何故《なぜ》か般若《はんにゃ》のような形相をした伊集院《いじゅういん》が立っていた。

「なんだ伊集院。怖い顔をしてからに」

「なんだもなにもありませんわよ！！！　それこそなんですか貴方《あなた》という人は！！！　セツナ様だけでなく、アリサ様まで誑《たぶら》かしていたというのですか！！？？　この鬼畜！！！人でなし！！！　見境なしのドブ人間！！！　最低最悪のドクズ野郎がァッ！！！！！」

とてもお嬢様とは思えぬ粗野な言葉遣いで俺を罵る伊集院。

ただでさえ金髪ウェーブという派手な髪型をしてるのに、今はオーラすら纏《まと》って見える。

怒髪天とはこのことか。

「どぅどぅどぅ、落ち着け落ち着け伊集院」

「これが落ち着いていられますか！！？？　『ダメンズ』崩壊の危機を目の当たりにしているんですわよ！！！」

おまけに顔をゆでダコのように真っ赤にしてるのだから、威圧感が半端ない。どうも完全にブチ切れているようだ。

「大抵のスキャンダルなら伊集院家の力で揉《も》み消すつもりでしたが、よもや『ダメンズ』のダブルセンターに手を出すなどという、神をも恐れぬ所業を働く不届き者が存在していたなんて……！　この伊集院麗華《れいか》、痛恨の極みですわ……！」

「不届き者と言われても困るんだが。俺とアリサたちはただの幼馴染の関係だぞ」

「そんな言い訳が通じるとでも!?　くっ、ファンクラブナンバー一桁の者として、『ダメンズ』の方たちを守る使命がわたくしにはあったのに……！」

俺の言葉を切って捨てる伊集院。

まさに聞く耳持たずだが、よほど悔しいのか歯ぎしりまでしていた。なまじ美人なだけに、その光景には迫力がある。

「悔やんでも、悔やみ切れません。他のメンバーに、なんと言ったらいいか……」

「いや、別にそれは気にすることはないだろ。ナンバーなんてただの先着順だしな」

本気で嘆いているようだったので、俺なりに気遣ったつもりだったのだが、何故か伊集

院は怒りに染まった目を向けてくると、

「は？　なにを言ってますの貴方は」

「だから別に番号なんて気にする必要は……」

「ありますわよ！！！　ファンクラブナンバーとは『ディメンション・スターズ！』への思いの深さを表すもの！　彼女たちに運命を感じ集った者たちの中でも、その愛がいかに深いかを競い、わたくしたちは闘いました！　即《すなわ》ち一桁ナンバーとは、選ばれし者に与えられる称号にも等しいのですわ！！！」

まるで自分は円卓の騎士だとでも言うように力説する伊集院。どうやらこっちが思っていた以上に、一桁ナンバーであることにプライドがあるらしかった。

「なかでも、わたくしですら及ばない『ダメンズ』への愛を持つお方がいますわ。ファンクラブの会合にこそ出席したことはないものの、『ダメンズ』愛溢《あふ》れるブログを常に更新し続ける伝説の№００１……同志にして、わたくしが唯一尊敬する方ですわ」

「はぁ」

まるでなにかに酔っているかのように語りだした伊集院。ファンクラブに対して深い想《おも》いを抱いているようだが、ここで語られても正直困る。

「悔しいですが、あの方は別格です。００１がこの事実を知ったとしたら、どんなに嘆き悲しむことか……」

「別に悲しまないと思うぞ。特に気にしてないし」

面倒だったので率直な感想を口にしたのだが、次の瞬間お嬢様はくわっと目を剝《む》き、

「ハァッ!? 貴方になにが分かるんですの!?」

「いや、分かるもなにもだな……」

「『ダメンズ』を喰《く》いモノにしようとしている下衆《げす》に、あの方の気持ちは絶対分かりませんわ！　分かってたまるものですか！！！」

早口でまくし立ててくる伊集院の顔は真っ赤だ。息も荒いし、完全に頭に血が上っているのが見て取れる。

「フーッ！　フーッ！」

「怒ってるところ悪いが、俺には分かるんだわ、これが」

「まだ言いますの……！　その減らず口、いい加減にしないとわたくしにも考えが……」

「だって、俺がそのファンクラブ№００１なんだからな」

途端、伊集院の動きが静止した。

「…………は？」

「自分のことだし、本人の気持ちが分からないはずないだろうよ」

「う、嘘《うそ》おっしゃい！　そんな戯言《たわごと》、信じられるはずが」

「なら、これを見てくれよ。俺の『ダメンズ』会員証だ」

論より証拠。固まる伊集院にも分かりやすいよう、眼前に会員証を突きつける。

「ほら、これに俺の名前と番号が書いてあるだろ？　はっきりとさ」

「葛原和真……『ディメンション・スターズ！』ファンクラブ……会員No.……ぜろぜろ、いち……？」

読み上げていくうちに、見る見る顔色が変化していく伊集院。

憤怒に染まっていた赤色から、まるで悪夢を見ているかのように青白くなっていくのはある意味壮観だな。身体《からだ》には悪そうだがコイツなら大丈夫だろう、なんか無駄に頑丈そうだし。

「そう。俺が一番。つまりトップってわけ。理解出来たか？」

「ぜろぜろいち……？　え、001……？　え？　え？」

「まぁ一番取れたのは、運が良かったのもあるけどな。『ダメンズ』は初期から人気グループってわけでもなかったことは知ってるだろ？」

現在は人気アイドルグループになりつつある『ディメンション・スターズ！』だが、なにも最初から順風満帆だったわけじゃない。

最初のライブ会場は狭い箱だったし、地下アイドル同然のスタートだったことを思い出す。

そこで行われていたファンクラブ入会の手続きをいち早く行ったことで得た一番の称号

は確かに嬉《うれ》しいことではあるし、その肩書きがブログ運営において活《い》きていることは確かだ。

だが、人気が出るまでに至ったのはアリサたちの努力の賜物《たまもの》。わざわざ自慢するのは違うというのが俺の持論だ。

信じられないものを見たかのような目を向けてくる伊集院だったが、やがて現実を受け入れたのか、プルプルと身体を震わせると、

「葛原和真が、№001……？　あの方が、そんな……い、いえ、その前に。わたくしの愛が、『ディメンション・スターズ！』への想いが、こんな下劣な男に負けた……？　アイドルに手を出した、ファンにあるまじき最低のクズなどに……？」

「いや、だから俺は別に雪菜《せつな》たちに手なんて出してないんだが……」

「だ、黙らっしゃい！　クズは皆そう言って、自分の罪状を誤魔化そうとするんですの！！　たとえ貴方が尊敬してた№001であったとしても、我が最推しにして運命のアイドルが、クズ野郎に食い物にされるところを黙って見ているなど出来ません！　伊集院家の名が廃ります！！！」

「わたしとしてはアイドルのために伊集院家を私物化してる時点で、とっくに廃りまくってると思うんですけどね。むしろお嬢様のほうがスキャンダルものですよ。あと、さり気なくファンクラブ会員から伊集院家のほうを押し出すほうにシフトしているのは、かなり

狡《ずる》いと思います」

「ええい、黙らっしゃい！！！　それはそれ、これはこれですのよ！！！」

メイドさんのキツいツッコミが入るも、伊集院は露骨に開き直っていた。

さっきまであんなに狼狽《うろた》えていたのに即座に割り切れる姿勢は見習いたいところがあるが……ん？

「………」

なんだろう。今一瞬、メイドさんが俺のことをチラリと見てきたような。気のせいか？

「目を覚ましてアリサ！　幼馴染《おさなじみ》だからって、お金なんてあげる必要ないんだよ!?　それじゃ貢ぐ女じゃん！　幼馴染だからって情に流されないでよ！　それじゃ葛原くんにいいように利用されて、食いモノにされるのがオチなんだから！」

「でも、アタシがいないと、和真《かずま》は絶対ダメ人間になっちゃうのよ？　雪菜は雪菜でアイドルになって和真を養うお金を稼ぐって、言うことを聞いてくれないし。なら、せめて雪菜の負担を減らしてあげるよう、アタシからも和真にお小遣いをあげるのは、当たり前のことじゃない？」

「当たり前じゃないよ！　それ完全に共依存の考え方だよ!?　最終的にアリサも含めて、全員ダメになるヤツじゃん!?」

「そんなことないわよ。アタシがしっかりしていればいいだけの話なんだから。雪菜はともかく、アタシの目が黒いうちは、和真をダメになんてしないんだからね！」

「なんで!? 会話出来てるのに、話がまるで通じない!? ……葛原《くずはら》ね？ ク、クズ原のせいなのね……！」

俺が伊集院に気を取られているうちに、向こうは向こうでなにやら盛り上がっているようだ。

（しかしクズ原はヒドくね……？）

アリサと話していた猫宮《ねこみや》の顔が、まるで幽霊でも見たかのように青白く染まっているのは気にかかるが、そんな呼び方される筋合いはない。

そもそも俺は至って健全な男子高校生のつもりなんだが……。まぁ、今は一旦置いておくか。

もう予鈴が鳴るし、それでこの場もひとまず収まるはず……。

「クズ原ァッ！ アンタ、アリサになにしたのさぁっ!?」

げっ。油断してたらこっちに飛び火してきやがった。

（仕方ない。ここは一旦教室の外に退避を……）

撤退を考えていると、こちらの思考を読んだかのように、ガラリとドアが開かれる。

「み、皆ー。こっちに見たことない子来てない？ 今日も転校生が来るって朝いきなり言われて、先生準備でてんてこ舞いだったんだけど、職員室で待っててても全然来ないのぉ。

なんで私こんな目にばっかり遭うのよぉ～」

ぐっ！　前のドアからユキちゃんが！　あれじゃ強行突破は無理だ。

ユキちゃんは涙目だし、昨日の今日でまたドアに顔面強打させるのは、いくら俺でもさすがにできん。

「待ちなさい葛原和真ァッ!!　どこに行くつもりですの!?」

ちっ！　悩んでる間に伊集院《いじゅういん》まで来やがった。

仕方ない。後ろのドアから脱出だ！　強行突破あるのみよ！

そう判断し、俺は机の間を縫うように教室を駆け抜ける。そしていざドアにたどり着いた、その時だった。

ガラリ。

「いやー、参った参った。『ダメンズ』のライブが良すぎてドカ食いしたら気絶しちゃったうえに、お腹《なか》まで壊しちゃってずっと寝てたよ。まだちょっとお腹痛いけど、皆おはよ……」

「すまん、後藤《ごとう》くん！」

タイミング悪く教室に顔をのぞかせた後藤くんの身体を強引に横へと押し出して、俺は外へと脱出した。

その際、手がとても柔らかいところを押したような気がしたが、それに構っている余裕はない。

「ほ、ほおおおおおおおおお！！！　ぼ、僕のお腹があああああ！！！！　ふぉおおおおおおおおおおおおおおおおおおおおお！！！！！」

「ご、後藤!?」「大丈夫か、しっかりしろ!?」「漏らすんじゃねーぞ！　ふんばれ！」「いや、それは出るだろ!?　我慢だ我慢！」「くそっ、あのクズ野郎！　許さねぇぞクズ原ぁっ！」「うわぁカオスだぁ……ボク、ドンビッキ……」「あ、先生ですか。本日より転校してきました、一之瀬《いちのせ》姫乃《ひめの》です。どうぞよろしくお願いいたします」「え、ええ、ええ？　メイドさんがなんでここに!?　『ダメンズ』のふたりといい伊集院さんといい、うちのクラスどうなってるのよぅ！　私もう教師やめたーい！」

「逃げるなあああああああ！！！！！」

「俺は自由だああああああああああああああああ！！！！！」

背後から聞こえてくる様々な声を無視し、俺は自由を求めて朝の廊下を駆け抜けるのだった。

◇◇◇

「こら、廊下を走らないの。遅刻扱いになるし、教室に戻るわよ」

「あい……」

なおあっさりアリサに捕まって、引きずられながら教室に戻ることになった模様。

アイドルには勝てなかったよ……。

第２話　そんなんじゃ、養ってもらう側の人間にはなれませんよ？

「――――てなことがあったんですよ」

学校から帰宅した俺は、部屋着に着替え、ひとり自分の部屋にいた。

適当に夕飯と風呂を済ませ、今はヘッドホンを装着して椅子に座り、机の上に置いてあるパソコンに向かいながら、ボイスチャットを繋《つな》いで会話をしている最中だ。

ちなみに相手は幼馴染たちでも友達でもない。いや友達といえば友達なんだが、学校で会うようなリアルの知り合いではないと言ったほうが適切だろう。

以前交わした約束通り、俺はネットを介してある人とゲームを始めようとしていたところだった。

「クラスメイトたちが、俺のことを寄ってたかってボロクソに言ってくれるんです。俺は悪いことなんてなにもしていないのに、鬼畜だの人でなしだの貶《けな》してくるんですよ……」

「それはなんというか、ひどいわね…」

俺の言葉に同調してくれる声は女性のもの。十万を超えるヘッドホンだけあって、聞こえてくる声はとてもクリアで綺麗《きれい》であり、また感情すらも乗せてくる。耳に届くそれには、俺に対する同情の色が確かに含まれていた。

互いに既にゲームの立ち上げは終わっていたが、僅かに出来た準備時間の間に、俺はこ
こ数日の出来事を、彼女に話しているところだった。
「それとも、俺にも悪いところがあったんでしょうか」
「ううん、そんなことないと思う。たったひとりを大勢で追い詰めようとするなんて、ど
う考えてもそっちのほうが悪いもの。クズマくんはなにも悪くなんてないって、私は思う
な」
ちなみにクズマというのは、俺のハンドルネームだ。
葛原和真から苗字《みようじ》と名前をくっつけただけのひねりのない名前だが、そこそこ気に入っ
ていたりする。
シンプルイズベストってやつだな。分かりやすいのが俺は好みだった。
「ありがとうございます、ハルカゼさん。その言葉だけで俺、救われますよ」
「私はいつだって、クズマくんの味方だから。困ったことがあったらいつでも相談して
ね？　君のためなら私、頑張っちゃうんだから」
話し相手であるハルカゼさんとはゲームを通じて知り合った仲だったが、彼女の声はと
ても聞き心地が良く、透明感とこちらを包み込んでくれるような包容力があり、話してい
るだけで心が癒されていくようだった。
純粋無垢《じゆんすいむく》というのだろうか。ハルカゼさんはあくまでゲームでの繋がりしかない俺の話

も、真剣に聞いてくれる。間違いなくいい人だと確信を持って言える相手はそうはいない。

こんな人に寄生して、養ってもらえたら最高だろうなと、そう思えるくらいには、俺は彼女のことを気に入っていた。

「ハルカゼさん……」

「ふふっ。なんて、ちょっと臭かったかな？　でも、忘れないで。これは本音だから。これでも私、カズマくんよりお姉さんなんだからね」

笑いながらも、最後の言葉は真剣だったように思う。

以前聞いた話では、ハルカゼさんは俺のひとつ上であるらしく、高校三年であるらしい。

だからお姉さんというのは正しいのだが、年が近すぎて養ってもらえそうにないのが残念だ。

まぁ同い年の雪菜《せつな》たちには養ってもらっているのだが、あのふたりは例外である。

アイドルみたいな特殊な立ち位置にいない限り、大金を稼ぐことが出来る高校生はごく僅かだろう。

ハルカゼさんはいい人ではあるけど、普通の人生を送っている人に寄生しようと思うほど、俺だって腐っちゃいない。これでも最低限の良識は持っているのだ。

「ありがとうございます。覚えておきますね」

「うん！……あ、そろそろ始まるね。準備はいい？」

「あ、ちょっと待ってください……よっと、これこれ」

会話にひと区切りがつき、いざゲームが始まりかけた時、俺は急いでアイテム欄を開いた。

「よし……ハルカゼさん。今からちょっと贈りたいものがあるんで、チャンネル開いといてもらえませんか?」

「え?　贈り物?」

「ええ……よし、今贈りました。届いているか、確認してもらえますか?」

「あ、ちょうど今届いたよ……え、これって……」

向こうから、息を呑《の》む音が聞こえてくる。どうやら無事に届いたようだ。

「今回のクエストは、それ使ってください。それがあれば、大分楽になるはずなんで」

「でもこれ、課金アイテムだよね?　それもガチャ限定のやつじゃない?　カズマくんだって高校生じゃない。こんなの貰《もら》ったら悪いよ」

「気にしないでくださいよ。ハルカゼさんには愚痴を聞いてもらいましたし、いつもお世話になってますから。そのお礼みたいなものです」

彼女には世話になってるからな。感謝の気持ちを籠めた、純粋な贈り物だ。魂胆も他意もない。

「でも……」

「大丈夫ですって。実は適当にチケットで回したら引けたやつなんで、実質無料なんですよ。俺使わないし、それならハルカゼさんに使ってもらったほうが効率いいですから」

まぁ実際はかなり課金してガチャ回したから、金欠になったんだけどな。

今はアリサから貰った金で余裕ができたし、気にしないでもらいたいのは本心だ。

「……そういうことなら、貰っちゃうね。ありがとう」

「どういたしまして」

「あーあ、私が力になってあげるつもりだったのに。逆になっちゃったなぁ。この借りはそのうちちゃんと返すからね」

「気にしないでいいですって」

「ダーメ。私はお姉さんなんだから。それに、私だって実はちょっとすごいんだよ？　そのことを、そのうち分からせてあげちゃうんだから」

「はは、なんですそれ。まぁ期待しないでおきますよ」

「あっ、ひっどーい！」

年上のお姉さんをからかうのは案外楽しい。その後もむくれながらお姉さんぶったハルカゼさんをなだめたり癒されたりしながら、俺は現実を忘れてただゲームを楽しむのだった。

◇◇◇

あのカオスな邂逅《かいこう》から数日が過ぎた。

ハルカゼさんに相談に乗ってもらったのが功を奏したのだろうか。

なんだかんだありながらも、今の俺はすっかり調子を取り戻しており、心晴れやかに学校に向かっているところだ。

五月も近づいた空は、まだ冬の冷たさを残しつつも青く透き通っていて、こうして歩いているだけで気分がいい。

こういう日は思わず鼻歌を歌ってしまいたくなるな。てか歌うわ。

「ふんふふふーん♪　働きたっくないなー♪　遊んで暮らすの最高さー♪」

いやあ、生きてるって素晴らしい！　自分は間違っていないと肯定されると、人は自信を持てるようになると以前本で読んだことがあるが、まさにそれだ。

人という字は支え合ってできているが、出来ればいつでも支えてもらって好き勝手に生きていきたいものだな。無論、俺からは支えるつもりは微塵《みじん》もないが。

そんな浮ついたテンションで登校していると、学校が近づいてくる。

同じ制服を着た生徒たちの姿が通学路にチラホラと見え始め、友人同士でグループが形成されているところもあるようだ。

あぁ、仲良きことは美しきかな。友情って素晴らしいな!

「あそこにいるのって、噂《うわさ》のクズじゃない?」「ああ、あのアイドルに貢がせてるってぃう……」「うわ、どんなメンタルしてんの。普通できないっしょ」「そりゃ普通のメンタルしてたらそもそも幼馴染《おさななじみ》から金なんて受け取らんだろ……」「確かに」「やっぱクズってすげーわ」

訂正。人間集まると、ロクなこと話さんわ。

人の悪口で盛り上がるような友情なんて、さっさとヒビ割れて砕け散ればいいのに。

「くそ、皆寄ってたかって人をクズ扱いしやがって。俺が一体何をしたっていうんだ……」

つい悪態をついてしまうが、それも無理からぬことだと思う。

ここ数日で俺の学校での知名度は、何故《なぜ》か急上昇を果たしていたのだ。

それが俺を養いたいと言ってくれる女の子が集まってくるとか、いい意味で噂になってくれてるならいいのだが、これまた何故かクズ扱いされているのである。

「俺はただ、幼馴染としての正当な報酬を雪菜たちから受け取っているだけなのにな……」

この世界はいつだって、理不尽に満ち溢《あふ》れている。

そんなふうに世を儚《はかな》んでいると、俺に近づいてくる人影があった。

「よっ、お前が噂のクズ原か?」

そいつはいきなり俺の肩に腕を回して顔を近づけると、人の名前を呼んできた。

見ると結構なイケメンだったが、肌は日に焼けてるのか浅黒く、髪は茶色に染められ、耳にいくつものピアスが付いている。

うちは制服もアレンジ可能なうえに、校則もかなり緩いことで知られているが、それでも進学校だ。

ここまで見るからにチャラ男なやつは珍しい。それも遊び人タイプというおまけ付き。

制服も乱雑に着こなしていて、微妙に香水の匂いがしてくるのがすごく嫌だ。

それを差し引いてもいきなり馴《な》れ馴《な》れしい態度で絡まれ、一気に不機嫌になった俺は、ぶっきらぼうに言葉を返す。

「いきなりなんだよ。誰だお前」

「おいおい、クズ原は二年だろ?　こっちは三年なんだから敬語使えよ。常識だろ?」

常識云々《うんぬん》言うなら、まず一方的に絡まれたほうの身にもなって欲しいんだがな。

やっぱロクな輩《やから》じゃなさそうだ。

「それはすみませんでした。これでいいですか?」

「おう。俺は優しいから許してやるけど、次はないぜ?　一応名乗ってやるが、俺は聖蓮《ひじりれん》司《じ》っつーんだけど、聞いたことあるか?」

「ないですね、興味ないんで」

ノータイムで即答する。

男は俺を養ってはくれないからな。わざわざ調べようとは一切思わん。

だが、聖と名乗った先輩は、俺の返答に何故か楽しそうな表情を浮かべると、

「ククッ、そうだよな。それには同意するぜ。俺も男に興味なんざないし、案外俺たち気が合うかもしれねーな」

「なにが言いたいんです？　周りの目も気になるんで、出来ればさっさと離れて欲しいんですけど」

口角を吊り上げて笑う姿はお世辞にも爽やかとは言えないが、聖はイケメンのため、それでもサマになってるのがなんとも言えない気分になってくるな。

これをフツメンがやっても絵にならないあたり、やはりこの世には平等など存在しないとよく分かる。

そんなどうでもいい現実逃避はともかくとして、無駄に顔のいいチャラ男な上級生に絡まれるという、明らかに面倒くさい状況をさっさと切り上げたかったのだが、そう上手《うま》くはいかないらしい。

「せっかちなやつだな。俺がお前に興味持った意味を考えろよ。話したいことがあるからに決まってんだろ？　もうちょっと付き合えって」

グッと腕の力が強まった。軽い口調とは裏腹に、こちらを逃がすつもりはないらしい。

ブレザーを着ているため分かりにくいが、案外鍛えているようだ。

下手に足掻《あが》いても面倒臭いことになりそうだし、仕方なく話を聞くことにする。

「はぁ。それで、先輩は俺になんの用があるんですか?」

「なぁに。ちょっと知りたいのさ。アイドルの落とし方ってやつを、な」

口元をいやらしく曲げて、聖は続けた。

「うちの学校に、『ダメンズ』のメンバーが揃《そろ》っているのは知ってるだろ? なんせ現役アイドルで有名人だからな。俺としちゃ、あの子たちにぜひともお相手して貰いたいんだよ。そこらの女はもう喰《く》い飽きていたところだったからな。ハードル高い方が俺としちゃ燃えるし、『ダメンズ』のメンバーを順番に落とすことを当面の目標にしてたんだわ。ちょっとしたゲームってやつさ」

「はぁ。そうなんすか」

「誰から行くか決めようとしてた矢先にお前の噂が耳に入ってきてな。先を越されたのはもちろんだが、小鳥遊《たかなし》と月城《つきしろ》のふたりとも持ってかれちまったのは、正直悔しかったぜ。俺以外に落とせるやつがいるとは思わなかったからな」

「はぁ。そりゃ災難でしたね」

「ああ、してやられたと思ったよ。そんなわけで、今日はお前をライバルと見込んで、面を拝みに来たんだわ。クズ原も俺のことを覚えといてくれていいんだぜ？」

はた迷惑な話だなおい。マジで一方的に絡まれてるだけじゃねーか。

一銭の得にもならんし、厄介なやつに目を付けられたもんだ。

「はぁ。そっすか」

「さっきから淡白な反応だな。まぁいい。俺にビビってもいないようだし、お前のことは気に入ったから譲ってやるよ。代わりに、三年の春風《はるかぜ》舞白《ましろ》と一年の立花《たちばな》瑠璃《るり》は俺が貰う。それで相子だ。いいよな？」

いや、そんなの俺に言われても。関係がないとまでは言わんが、反応に困るわ。

仕方ないし、この場は適当に頷《うなず》いとくか。これ以上絡まれても面倒だし、厄介事は早々に終わらせるに限る。

「まぁいいんじゃないっすか。そんなに自信あるなら頑張ってくださいよ。陰ながら応援させてもらいますんで」

「おうよ。それでだな、お前に聞きたいことがまだあんだわ」

ようやく解放されると思ったのだが、どうやら見通しが甘かったらしい。

にやけたまま、聖はググッと顔を寄せてくる。

「ちょっ、近いですって。離れてくださいよ」

「クズ原は、どうやってあのふたりを落とした？　ぜひご教授願いたいんだがな」

この先輩、どうも人の話を聴かないやつらしい。

よくこんなのがモテるなと思うが、やはり無駄に顔がいいからだろうか。

やたら距離が近くて嫌なのに周りの女子はなんか顔を赤くしてキャーキャー言い始めてるし、居心地の悪さが半端ない。

「あの、周りの目気になるンすけど。変な噂たったら嫌だし、ここまでにしませんか？」

「お前の場合今更だろ。いいから言えって。どうだった？ アイドルの身体《からだ》とか最高だったろ？ マシロの巨乳も捨てがたいが、あのふたりはスタイルも良くて抱き心地良さそうだもんなぁ。なによりアイドルを抱いたっていう征服感と優越感が凄《すご》そうだ。想像するだけでたまらないぜ」

下卑た笑みを浮かべて、舌なめずりする聖。

獲物を前にした肉食獣のような仕草を見て、俺ははぁっとため息をついた。

「抱いてなんていませんよ。あのふたりは、ただの幼馴染ですから」

「おいおい、嘘《うそ》をつくなよ。うちの学年でも、とっくに噂になってるぜ。アイドルふたりに手を出した真性のクズ野郎、クズ原カスマってな。俺も評判がいいほうじゃないが、お前にゃ負けたわ」

なんだそのあだ名。ちょっとひどすぎだろ。

訴えたら勝てるぞオイ。なんかもう朝から疲れてきたんだが。

「だから違いますって。何度でも言いますが、俺はふたりに手を出してなんていないんですよ」

「そんなわけないだろ？　あんないい女たち、男なら誰だって――」

納得していない様子の聖先輩にうんざりしながら、俺は彼が言い切る前に口を挟んだ。

「あいつらは確かにアイドルで可愛《かわい》いですが、顔や身体目当てで仲良くしてるんじゃありません」

「あ？　なんだよ、もしかして、性格とか中身がどうとか言うんじゃないだろうな」

不快そうに眉を顰《ひそ》める聖。何を言いたいのか手に取るように分かるが、こっちからすれば見当違いもいいところだ。

「だとしたらガッカリだ。俺はそんな童貞臭い戯言《たわごと》聞く気はないぜ。つまらねえ意地張ってんじゃねぇよ」

「違いますよ。別に意地なんて張ってませんし、そんなこと言うつもりは俺にだってありません」

「は？　じゃあ一体なんだってんだ。つーか、否定してばっかじゃねぇか。こっちは本気で聞いてんだぜ。クズ原もいい加減本音で話せよ」

聖は苛立《いらだ》っているようだが、こっちとしてもいい加減面倒になってきたところだ。

「分かりました。じゃあ言いますよ」

コイツとは金輪際関わりたくなかったので、言われた通り本音を吐き出すことにした。

「そうこなくっちゃな。それでこそ男ってもんだぜ。お前はあのふたりに一体どんなことを仕込んで——」

「金です」

そう短く言い切ると、聖はポカンとした顔で俺を見てきた。

「……え?」

「分からないですか? なら、もう一度言います」

どうも分かってないようなので、今度こそ伝わるよう、ハッキリと宣言する。

「俺の目当ては、あいつらがアイドルとして稼いでくる金です」

「…………は?」

「顔がいいとか身体とかどうでもいいし、あいつらがアイドルやって稼いでくる金だけが俺は欲しいンですわ」

「は? え? か、金? なんで?」

「逆に先輩に聞きますが、先輩は将来どうするつもりなんです？　大学まで行くとして、その後働くんですか？」

「え？　いや、それはそうだろ？　え？　え？」

それを聞いて、俺は深くため息をついた。失望したと言ってもいい。

「はぁ……やっぱりそうか。先輩もチャラい見た目の割に、結局は周りと同じで、どこまでも哀れな社畜の考え方が染み付いているんですね。ガッカリしたのはこっちだったってことか」

「え、な、なに言ってんだお前？　マジで何言ってんだ!?」

どうやら聖はまだ分かってないようだ。

教えてやる義理はなかったが、どうせコイツとは今後関わり合うことはない。言っても問題ないだろうと判断する。

「いくらヤリまくってたところで、性欲は満足できても金にはならないんですよ。そのことに気付いていないのが、哀れだと言っているんです」

「なっ……!?」

「そんなことで欲を満たすより、暇ができた時間の分、女の子に働いてもらったほうが、養ってもらえるんですから。そうすれば、こっちは働かないで遊んで暮らせるんですよ」

驚愕《きょうがく》の目で俺を見る聖。同時に腕の力が緩んだため、ここぞとばかりに今度はこっちが力を籠めて、聖の手を振り払う。

「あっ！」

「それじゃ失礼します。今の先輩と話していても、俺にメリットがないことはよく分かりましたから」

「あっ、ま、待てよおい！」

そう言われて、立ち止まる人間などいるはずがない。

「先輩、女の子の身体だけを目当てに好き勝手するのもいいですが……そんなんじゃ真の勝ち組には、養ってもらう側の人間には、なれませんよ？」

最後にそう言い残し、未《いま》だ困惑している様子のチャラ男先輩を残して、俺はその場を去るのだった。

「フッ、決まったな……」

◇◇◇

さて、なんだかんだ面倒臭くはあったものの、その後は何事もなく、俺は教室の前まで

かったので良しとしよう。

朝っぱらからウザい絡まれ方をしたが、最終的には決め台詞《きぜりふ》を残せたのが大変気持ち良かったので良しとしよう。

そもそも俺は超がつくイケメンなので、なにをやらせても大抵サマになるのだが、それでもあんなふうにカッコつけられる機会はなかなかないからな。

そういう意味ではあのチャラ男先輩に多少感謝をしてもいいのかもしれない。

そんな爽やかな気分のままドアを開けたのだが、すぐに俺のテンションはガタ落ちすることになる。

「皆、おはよ……」

「来ましたわね、葛原和真《くずはらかずま》！」

「うげ、またかよ」

その言葉、今週だけでいったい何度聞いたことやら。

俺を待ち受けていたのは、腕を組んでふんぞり返る仁王立ちした伊集院《いじゅういん》だった。

偉そうにするのは構わないが、ウェーブがかかった金髪が無駄に窓の外の光を反射していて目が痛い。色んな意味で焼かれそうだ。

「うげ、じゃありません！ 今日こそは白黒つけますわよ！ 貴方《あなた》の悪行、たとえ天が許しても、このわたくしが許しませんわ！」

「はいはい、おはようおはよう。金髪お嬢様は今日も元気でなによりですな。テンション高くて羨ましいッス」

「ちょっと、なに素通りしようとしてるんですの!?」

朝っぱらから派手なもんは見るもんじゃないなと思いつつ、適当にスルーして席へと向かおうとしたのだがそれは失敗したようだ。

「いや、登校してきたばっかだし、普通に机に荷物を置きたいんだが……」

「そう言って逃げるつもりでしょう!?　そうはいきませんわよ！！！」

逃がさんとばかりに、俺の前に立ちふさがる伊集院。

机に荷物を置くことすら許してくれないとは、どこの秘密警察だ。両手を上げてサレンダーでもしろってのか。

「わざわざ学校に来たのに逃げるもなにもないだろ。サボるつもりならそもそも来てないっての」

「小賢《こざか》しいことを！　貴方はこの前実際に逃げたではありませんか。クズの発言など、今更聞く耳持ちませんわよ！」

「えぇ……そこまで言う？」

随分な評価である。どうやら伊集院の中では、俺はよほど信用できない男のようだ。

初日は様付けしてくれてたのに今は呼び捨てだし、どうしてこうなったのやら。

「そうだぞ、クズ原！　黙って伊集院さんの言うことを聞け！」

「『ダメンズ』をめちゃくちゃにしようとするクズ原を、僕らは絶対に許さないぞ！」

俺限定の人間不信なお嬢様にうんざりしていると、伊集院を取り巻くようにして、佐山《さやま》と後藤《ごとう》くんを始めとした何人かの男子が、賛同の声を上げてくる。

この数日ですっかり伊集院の取り巻きというか腰巾着と化した彼らは、伊集院を中心とした学校内での非正規『ダメンズ』ファンクラブを結成し、俺への反抗心をあらわにしているところだった。

「お前らなぁ……」

思わず頭が痛くなり、こめかみを押さえてしまったのは、無理からぬことだと思う。

伊集院の相手だけでもしんどいのに、周りの男連中が完全に敵に回ってしまった現状は、色んな意味で物悲しいものがあるからな。

話を聴かないゴージャス金髪お嬢にそれだけカリスマ性があったのか、単純に佐山たちがチョロいのか。あるいはその両方か。

いずれにせよ、かつての友人たちの転落ぶりを目の当たりにして嘆かわしい気分になった俺が、彼らに冷めた目を向けたのは、仕方ないことだと言えるだろう。

「一応聞くけど、プライドないのか？　転校してきたばっかの伊集院に頼ってるとか、傍《はた》から見りゃ今のお前らは完全に虎の威を借る狐《きつね》だぞ」

「うるさい！　お前に俺たちの気持ちが分かるか！　俺の雪菜《せつな》ちゃんに手を出しやがって！　この前のコンサートじゃ、死に物狂いでアリーナ席をゲットしたんだぞ!?　俺がどんだけバイト頑張ったと思ってやがる！」

「そうだ！　僕らはアリサちゃんたちを応援して、彼女たちのためにグッズもたくさん買い漁《あさ》ってたんだ！　『ダメンズ』に貢献しているつもりだったのに、そのお金が君みたいなクズに渡っていたと知った時の僕の悲しみを、クズ原君は理解出来るってのか!?　脳が弾《はじ》けそうになったよ！　脳破壊だよあれは！！！」

いや、そんなキレられても。佐山たちは憤慨しているけど、社会なんてそんなもんだろ……。

グッズを買って貢献するのは個人の勝手だし、そもそもが自己責任だ。

雪菜たちに小遣いを貰《もら》えることになるから俺にとっちゃ有難いことではあるが、別にファンが『ダメンズ』に貢いだ金を俺が総取りしてるってわけでもない。

グッズなんて色々利権も絡むし、コンサートのチケット代だって大半が会場の使用料に消えるというのはよく聞く話だ。

彼らが『ディメンション・スターズ！』に貢いだ金は雪菜たちの所属しているプロダクションを始めとした色んな会社に分散されるし、最終的にアイドル本人に渡される給料は、その中のほんの一部に過ぎなくなる。

アイドルは商品という言葉に難色を示すファンは多いと聞くが、そういった心理的なフィルターをとっぱらって考えた場合、それはひどく正しい考えなのだ。

『ディメンション・スターズ！』という商品に、客は価値を見出《みいだ》し買い求めた結果、需要が高まり更に多くの派生品が生まれ、それをまた客は買い求める。そういったプロセスを経て資金は循環し、景気が良くなり人気へと繋《つな》がっていくのである。

まぁなにが言いたいかというと、『ダメンズ』で得をして稼いでいる人間は、俺以外にも数多く存在しているってことだ。

彼らは表立って目立たないだけで、人には言えないあくどいことだって数え切れないほどこなしているはずだ。

俺がしていることなんて、ただ雪菜たちから金を貰っているだけだし、働く予定もないから犯罪行為だってするつもりはない。

あれ？　俺ってこれ以上ないほどクリーンじゃね？

むしろ俺以上に清い人間など、存在しないんじゃないかってくらい、真っ当な金の受け取り方をしていると思うんだが。

俺って全然悪くなくね？？？

「そんなわけないでしょう⁉　論点をすり替えないでくださいな⁉　貴方がやってるのは、世間一般的に考えてヒモの行為であり、クズでしかありませんわよ！！」

「おい、人の心の声にツッコむなよ」

いくら漫画みたいなキャラしてるとはいえ、金髪ストーカーお嬢様にエスパーまで追加されたら、属性過多過ぎてついていけんぞ。

(しっかしダメかー。いけると思ったんだがなぁ)

他のやつらならともかく、やっぱり財閥令嬢を説き伏せるのは難しいな。

さてどうしたものかと考えるが、救いの手はすぐに向こうからやってきた。

「カズくーん！　もういいかなー！　こっちきてお話ししようよー！　アリサちゃんもいるよー！」

そう言って笑みを浮かべて手を振るのは、救世の女神にして我が幼馴染《おさななじみ》、雪菜だった。

アリサも自分の机に頬杖《ほおづえ》をつきながらこっちを見てるし、どうやら教室に幼馴染ふたりが久しぶりに揃《そろ》っているようだ。

「おっ、雪菜にアリサ！　来てたんだな、待ってろ、すぐ行くわ！」

なら、このチャンスを活《い》かさない手はない。有難い助け船に遠慮なく乗らせてもらおうじゃないか。

さすがに伊集院やファンクラブのやつらも、雪菜たちにはなにも言うことはできないのか、「ぐぬぬ」という顔で俺を睨《にら》むだけで、止めてくることはしてこない。

そんな彼らの間を堂々と横切りながら、俺は小さく鼻を鳴らす。

「フッ……悪いな伊集院、雪菜が呼んでいるンだわ。またなー。いやー、必要とされてちゃしょうがないよなー。アイドル本人が俺を呼んでるんだもんなー、つれぇわー」

「「「ぐっ……！」」」

「お前らは俺のことクズ呼ばわりしてくるけど、雪菜たちはそんな俺と話したいみたいだからなー！　いやー、俺みたいなドクズでも笑顔で呼ばれるくらい必要とされてるってマジつれぇわー！　アッハッハー！」

「「このドクズ野郎がぁ……っ！」」

「葛原、和真ァッ……！」

フッ、そんな血走った目で見られても怖くないぜ伊集院とその取り巻きたちよ。

なんせ俺には、アイドル様がついてるんだからな。財閥令嬢からの殺気なんて、むしろ心地いいくらいだ。

上流階級に上り詰めた感があるからな。気分はちょっとした成り上がりである。

「フハハハ！　グッバイ、パンピー共！　俺はお前らとは違うぜぇっ！」

アイドルである幼馴染たちに求められる俺とは違い、単なるファンでしかないクラスメイトたちの嫉妬にまみれた視線を浴びながら歩くというのは実に気分が良い。

まるでレッドカーペットを歩くハリウッドスターのような気分で意気揚々と、俺は幼馴染たちのもとへ向かうのだった。

◇◇◇

「よっ、お待たせ」

妨害がなければ、到着まで数秒もかからなかった。

自分の席に荷物を置きながら、軽く手を挙げふたりに向けて挨拶すると、ふたりが頷《うなず》きながら口を開く。

「うん、おはようカズくん！」

「おはよ。アンタもあの人たちも、朝っぱらから随分元気ね」

「俺はそうでもないけどな。あのテンションに付き合うのは疲れるわ」

「どうせゲームのやりすぎでしょ。ていうか、相変わらず来るのが遅いわよ、寝ぼすけ」

相変わらずアリサは俺に対して辛辣だ。ま、コイツはこれでこそって感じだけどな。

最近はソシャゲでもないのに環境の変化が著しいため、変わらない幼馴染の態度が正直言って有り難い。

「色々あったんだよ……ん？　あれ雪菜、シャンプー変えたのか？　いつもと匂いが少し違う気がするけど」

「分かる!?　昨日シャンプーのＣＭのお仕事してきたの！　それで試供品貰えて試してみ

たんだ！」

なんとなく鼻をくすぐる匂いがいつもと違う気がしたから指摘してみるが、雪菜は俺の問いかけに嬉《うれ》しそうな笑みを浮かべて首肯する。

どうやら気付いてくれたのが嬉しいらしい。女の子はこういう細かな変化を分かってもらえるのが嬉しいのだとなにかの本で読んだ覚えがあったが、それは昔からずっと一緒にいる幼馴染相手でも変わらないようだ。

「なるほど。アイドルっぽいことしてんだな」

「私、ほんとにアイドルだよー。でも、嬉しいな……カズくん、すぐ気付いてくれるんだもん。やっぱりカズくんって、私のことちゃんと見ててくれるんだね」

「当たり前だろ。お前は俺にとって、一生養ってくれる大切な存在なんだからな。身体《からだ》を壊されても困るし、いつだって気を遣ってるつもりだぜ？」

「カズくん……」

潤んだ瞳で俺を見つめてくる雪菜。同年代でも明らかに抜きん出た可愛《かわい》さと、溢《あふ》れんばかりの輝かしいオーラは見る者を惹《ひ》きつけてやまない。

アイドルとして多くの人間を魅了し、笑顔を向ける雪菜だったが、この教室だけでも注目され、視線が向けられているのがよく分かる。

「ぁ……」

「触り心地もいいな。これからはこのメーカーのシャンプーを使ってみるのもいいんじゃないか？」

頭を軽く撫《な》でてみるも、ふわふわしていて柔らかいと感じる。

元々雪菜の髪質がいいのもあるんだろうけど、シャンプーとの相性はいいんじゃないかというのが素直な感想だった。

「うん……カズくんが言うならそうするね。だから、もっと……」

「おう、よしよし……って、うん？」

だから雪菜のリクエストに応えて、もっと頭を撫でてやろうとしたのだが、急にクイッと、ブレザーの裾を引っ張られる。

釣られるようにそっちを見ると、目をそらしながら指先を伸ばして俺の制服をつまむ、銀色の髪をした幼馴染の姿がそこにはあった。

「アリサ？　どうかしたのか？」

「……そのCM、アタシも出てたんだけど」

そして相変わらず目をそらしたまま、そんなことを言うアリサ。

声の調子はぶっきらぼうではあったが、頬は僅かに赤らんでいる。

それを見て、俺はこの素直じゃない幼馴染が、なにを望んでいるのかすぐに察した。

「そっか。ごめんなアリサ。気付くの遅れちまった」

空いていた手を、アリサの頭に向けて伸ばす。同時に頭を撫でるのはちょっと面倒ではあったが、別に手間ってわけでもない。

シルバーブロンドの光沢を放つ幼馴染の髪は、黒髪の雪菜《せつな》とはまた違った柔らかさをもって、俺の手のひらを迎え入れていた。

「ん……別に……気にしてないし……」

「そう言う割には気持ちよさそうだな。そういやアリサのほうが、昔から頭撫でられるの好きだったもんな」

「そんなことないわよ。アタシ、もう子供じゃないもの……」

そう言いながらも、アリサは猫のように目を細める。

俺に頭を撫でられて、気持ちよくなっているのは誰が見ても明白だったが、敢《あ》えてツッコむことはしない。

「アリサ、やっぱり騙《だま》されてる……私が助けてあげなくちゃ……！」「脳が破壊されるぅ……」「許すまじ、クズ原クズマァッ……！」

教室に漂う怨嗟《えんさ》の声をスルーしつつ、俺は幼馴染たちとの会話を続けることにした。

「そういや、来るの遅くなった原因なんだけどさ、実は朝っぱらから変なやつに絡まれたんだよ」

「変な人？」

「あの伊集院《いじゅういん》って子じゃなくて?」

雪菜とアリサの視線が、同時に伊集院へと向けられる。

途端、顔を真っ赤に染めて騒ぎ出す伊集院。

「ほ、ほおおおおおおおおおおおお!!!???　セ、セツナ様とアリサ様が、わたくしを見て下さっていますわぁっ!!!???　これは夢!?　幻!?　ひ、姫乃《ひめの》!　今すぐこの光景を、写真に撮ってくださいませ!!!　姫乃ぉっ!!!」

相変わらず朝からテンションたけーなおい。

さっきまでは俺のことを呪うかのように睨みつけていたというのに、現金なやつである。

実際は雪菜とアリサの中では伊集院は自分たちをストーカーしてくる派手な変人として見られているというのにな。

そんなこととは露知らず嬉しそうにはしゃげるのだから、真実を知らないというのは、時として幸せなことなのかもしれない。

「まったく、あんなにはしゃいでみっともない。お嬢様の『ダメンズ』好きには困ったものです」

「それは全くもってその通り……って、うん?」

そんなことを考えていた中、背後から聞こえてきた声につい頷くも、それが幼馴染たちの声ではないことにすぐに気付く。

じゃあ誰だと思い、声がした方へと目を向けると、そこにはヘッドドレスを付けた黒髪の女の子が、無表情でひとり静かに佇《たたず》んでいた。

「えっと……」

「一之瀬《いちのせ》姫乃です、葛原《くずはら》様。麗華《れいか》お嬢様の付き人兼メイドとして、先日転校してきた者です」

「一之瀬……あ、伊集院のメイドさんか」

名乗られてようやくピンと来た。言われてみれば、確かに伊集院といつも一緒にいるメイドさんだ。

一緒にいる伊集院のキャラが濃すぎて、そっちばかりに気を取られていたが、彼女も転校してきたばかりの新たなクラスメイトのひとりである。

今は普通にうちの学校の制服を着ているが、気付けなかったのは初見のメイド服の印象が強すぎたのもあるかもしれない。

そのことに少しばかりの罪悪感を覚えた俺は、一之瀬に素直に頭を下げることにした。伊集院とは違い、このメイドさんには悪感情も抱いていないことも大きい。

「悪い、気付くの遅れちまった」

「いいえ、お気遣いなく。それより、いつも麗華お嬢様がご迷惑をおかけしてしまい、申し訳ございません」

オーバーラップ文庫＆ノベルス NEWS
一生養って
あげるから！
第8回
WEB小説
大賞
銀賞
幼馴染たちが人気アイドルになった1
～甘々な彼女たちは俺に貢いでくれている～
著：くろねこどらごん　イラスト：ものと
キモオタモブ傭兵は、
身の程を弁える1
著：土竜　イラスト：ハム
「モブ」に徹したいのに、
なんでみんな
僕に構うんだ!?
第8回
WEB小説
大賞
銀賞
2307 B/N

「いや、そんなことは……まぁ、ありまくるけど」

一応否定しようとしたのだが、さすがにそれは出来なかった。

毎朝毎朝絡まれて、うっとうしいのは事実だからな。社交辞令がてらに否定しようにも、これぱっかりはどうしようもない。

「ちょっと姫乃！　なんで葛原和真《かずま》に話しかけているんですか！　今すぐ離れなさい！　クズが移ります！　それと、『ダメンズ』の方々にそんなに近づいているとかずるいですわよ！　わたくしだって、たくさんお話をしたいのにぃっ！」

現に今もこっちに向かって叫んでるからなぁ。外見だけでなく言動もうるさいとか、ことん面倒くさいやつである。

「一之瀬さん、伊集院さんがああ言ってるけど、行かなくていいの？」

「はい。ぶっちゃけお嬢様の近くにいると、色々頼まれて面倒なんです。家でもあんな感じなので、学校にいるときくらいは解放されたいんですよ」

身も蓋もないぶっちゃけぶりだった。

確かにあのテンションに四六時中付き合うのはしんどいだろうし、俺だったら絶対に嫌ではあるのだが……それはそれとして、ここまで主人に対する忠誠心が見られないのはメイドとしてどうなんだろう。

……………まぁいいか、伊集院だし。

「やっぱ家でもああなんだ……」

「むしろ家にいる方がひどいですよ。壁中に貼った雪菜様たちのポスターを眺めてニヤニヤしてたり、常に『ダメンズ』の曲が大音量で流れてる有様ですから。あれはもう一種の中毒ですね。お嬢様は無駄に行動力があるので、気を付けたほうがよろしいかと」

「うわぁ……」

「おかげでわたしも転校してくることになりましたからね。本当にどうしようもない方です」

味方のはずのメイドから、伊集院の手遅れな私生活が次々暴露されていく。

なんとなく察してはいたものの、相当重症であるようだ。完全に沼の住人である。

「それはなんともご愁傷様というか……」

「いえいえ、もうとっくに慣れましたので」

相変わらず無表情で首を横に振る一之瀬だったが、どこか哀愁のようなものを感じるのは気のせいだろうか。

少なくとも同い年でありながら、既に相当の気苦労を背負い込んでることが窺えた。

「とはいえやはり面倒ではありますし、『ダメンズ』の皆様や葛原様の近くにいると、お嬢様も近寄ってこないんで、わたしもこの場に交ぜさせてもらってよろしいでしょうか？」

「まぁ俺はいいけど。ふたりは大丈夫か？」

「いいよー」

「こんな話聞いたら追い払うとか出来るわけないじゃないの……」

若干動揺しながらも、幼馴染たちに向けて聞いてみるも、すぐにふたりは頷《うなず》いた。

まぁ普段からアイドルをしているだけあって、ふたりとも人見知りする質《たち》でもないからな。

そんなわけで、現役アイドル×2にJKメイド、トドメにイケメンという、なんとも豪《ごう》華絢爛《かけんらん》な集まりがこの場に出来上がっていた。

傍《はた》から見ればハーレムそのものだが、俺としても美少女たちに囲まれるのは悪い気はしない。

「ありがとうございます。助かりました」

「気にしなくていいよ。困ったときはお互い様だしね」

「ええ。それより和真、手が止まってるわよ。もっと頭を撫でなさい」

「はいはい」

「あっ、私もー」

「わかったわかった」

アリサが催促し、雪菜が乗る形でふたりの頭をまた撫でることになったのだが、そんな俺たちのことを一之瀬は興味深そうに眺めてくる。

「皆さん、仲がよろしいのですね」

「まぁ長い付き合いだからな。これから先もずっと面倒見てもらう予定だから、普通の幼《おさな》馴染《なじみ》よりはずっと仲がいいと思うぞ。なぁ、そうだろ？」

「もっちろん！　私とカズくんは、誰よりも深い絆《きずな》と約束で結ばれてるんだもん！　誰であろうと、私たちの仲を引き裂くなんてできないよ！……もし仮にしようとしてくる人がいるなら、その人は……ふふっ……」

「アタシは別に和真と仲がいいとか思ってないし……だらしないからほっとけないだけで……でも、普通の幼馴染で終わりたくもないというか、うぅ、もっと素直になれればいいのに。アタシの馬鹿……」

俺の言葉を受けて俯《うつむ》く雪菜とアリサ。仲の良さを感じさせる、実に似通った反応だ。違いといえば、アリサは顔を赤らめてなにやらゴニョゴニョ言っているのに対し、雪菜は口元に薄笑いを浮かべていることとくらいである。

まぁ良くあることのため、気にするまでもないんだが。

「あ、そうだ。そういやさっきの話の続きなんだが、朝先輩に絡まれたんだよ。なんかチャラ男で、ふたり以外の『ダメンズ』のメンバー狙ってるって言ってたわ。結構なイケメンだったし、念のため気をつけるように言っておいてくれ」

「へー、そうなんだ。分かったよ」

「ん、了解」

朝あったことを思い出したので報告すると、ふたりは素直に頷いた。

わざわざ言わなくても大丈夫だったとは思うが、『ダメンズ』のメンバーが変な男に引っかかっても困るからな。

世の中広いから、金を貢がせようとしてくるクズがいないとも限らんし。

（さて、こうなるとやっぱ一番の問題は、伊集院たちのことだよなぁ）

チャラ男先輩のことはアリサたちに任せるとして、俺自身の問題は解決の目処《めど》が立っていないのが現状だ。

伊集院を始めとしたファンクラブの勢力と俺への風当たりは日増しに強くなっているし、これ以上は実害が出る恐れがある。

歯止めが利かなくなる前に、面倒事には早めに対処しておくに越したことはないだろう。

だが、生半可なことでは納得してくれるとも思わない。

なんせ、アイツ等は全員、『ダメンズ』の大ファンなのだ。アイドルオタクの執念は、決して侮れるものではない。

「なにか悩み事ですか、葛原様？」

考え事をしていると、一之瀬が話しかけてくる。どうやら顔に出ていたようだ。

悩みの種はこの子のご主人様にあるのだが、それを話したところで、一之瀬が困るだけだろう。余計な気を遣わせるのも気が引けた。

「いや、別に……」

だからなんでもないと続けようとしたのだが、言葉が止まる。

ふと向けた視線の先。氷のような無表情で佇む一之瀬の頭の上にあるヘッドドレスが目に入った。

「…………メイド、か」

続けて、幼馴染たちに視線を向ける。

現役アイドル。突出した美貌のふたりがそこにいる。

今は制服姿だが、アイドルだけあって色んな衣装を着る機会も多く、グラビアの仕事も最近は多いと聞いている。

閃《ひらめ》きと発見。そして情報。それらがまるでパズルのピースのように組み合わさり、頭の中にひとつの絵図を描いていく。

「カズくん？」

「和真？」

「ごめん、ちょっと用が出来た。一旦席外すわ」

手が止まった俺を、幼馴染たちは訝《いぶか》しんだ目で見てきたが、断りを入れて席を立った。

そのままの勢いで、さっき歩いてきた教室内を再び横断。目的の人物まで近づいていく。

「葛原和真！　貴方《あなた》、姫乃《ひめの》まで手籠めにして取り込もうとしているのですか！　どこまでも卑劣でクズな男！　わたくしがいる限り、絶対にそうはさせませ……」

「なぁ伊集院《いじゅういん》、ちょっと話があるんだが」

そして目の前でピタリと止まり、激昂《げきこう》している伊集院に話しかける。

「雪菜《せつな》たちのコスプレ写真、欲しくないか？　それも、決して市場に出回ることのない、超レアものの撮りたてのやつを」

俺の発した言葉を聞いた瞬間、伊集院は驚きに目を見開いた。

◇◇◇

「コスプレ、ですって……？」

「ああ。雪菜とアリサのコスプレ写真を俺が撮ってやる。『ダメンズ』のダブルセンターに、お前の好きな衣装を着せることが出来るんだ。悪い話じゃないだろう？」

「そんなことが……くっ、出来るんでしょうね。あの方たちを洗脳している、貴方にならば……！」

一瞬否定しようとしたが、すぐに表情を歪《ゆが》めて認める伊集院。

俺たちの関係を遠巻きに見ていたコイツには、俺ならあのふたりを説得し、望み通りのコスプレをさせられることを理解しているのだろう。そして、それは正解だ。

「そういうことだ。洗脳は誤解もいいとこだが、アイツ等に衣装を着せることなんて俺には造作もないことだからな。さて、どうする？」

「……なんの考えもなく、こんなことを持ちかけてくる貴方じゃないでしょう？　いったい、なにを企《たくら》んでいるんですの」

俺のことを疑うように睨《にら》みつけてくる伊集院だったが、別に企みなんてものはない。

「企んでいるって言い方には語弊があるな。俺はただ、一々お前らファンクラブに絡まれるのが面倒ってだけだ。今日も朝っぱらから待ち構えられて、うんざりしてきたところだからな。お互いにメリットのある形で和解したいってだけさ」

「和解？　なにを……！　貴方がセツナ様とアリサ様を解放すればいいだけの話でしょう!?　あのお二方は、いずれ世界に羽ばたくべき器を持っているのです！　それを、貴方のようなクズが独占するなど、許されるはずが……！」

「そういう御託はいいんだよ。デカイ話は嫌いじゃないが、今はただ、俺に必要以上に干渉されるのが面倒だから、距離を取ってもらいたいって話をしてるんだ」

食ってかかろうとしてくる伊集院を手で制する。こういうふうにつっかかられるのが面倒だからこその取引なのだ。

いいから黙って聞いてくれというのが、嘘偽《うそいつわ》りのない本心だった。

「その見返りに、俺はふたりの写真を渡す。互いにメリットがあるし、悪くない取引だと思うんだがな。どうする？」

実際、悪くない取引だと思ってる。俺につっかかることをやめるだけで、伊集院は自分の好きな衣装を着た推しアイドルのコスプレ写真という、レア中のレアアイテムをゲット出来るのだ。

ただでさえドルオタってのは、グッズ収集を趣味とする者が大半を占めている人種である。

他のファンに先駆け、推しとの握手会に命を懸けるようなやつもいる界隈《かいわい》で、自分の要求に基づいた衣装を推しに着てもらえる機会など皆無に近い。

もしそのチャンスを得られたとしたら、それはまさしくファンにとっては絶頂ものだろう。承認欲求と性癖を、同時に満たせるわけだからな。

これを断れるドルオタなど、そうそういるはずがない。

まして、推しの近くにいたいと転校までしてくるような暴走特急お嬢様なら尚更《なおさら》だ。

そう踏んだ上で、俺は伊集院に取引をもちかけたのだが……。

「……………舐《な》めないでもらえますか」

キッとした、強い意志を伴った目で、伊集院は俺を睨みつけてきた。

「わたくしを誰だと思っていますの？　この伊集院麗華《れいか》は、伊集院財閥のひとり娘にして、

『ディメンション・スターズ！』ファンクラブ№.007！　ファーストナンバーでありながら、アイドルを喰《く》いものにしようとしている貴方と違って、一桁ナンバーとしての自負とプライドというものがあります！　推しを人質に取るかのような下劣な手段と餌で、釣られるとでも思っているのですか⁉」

「……それはつまり、伊集院はこの取引に乗るつもりはないと？」

「当たり前でしょう！　このようなやり方で写真を得ても、他のファンクラブのメンバーに示しがつきません！　こんなやり口、わたくしは絶対に認めませんわ！　なにより、己の私欲によってあの方たちをダシに使うなど言語道断！　恥を知りなさい！」

そう切って捨てると、俺のやり方を糾弾してくる伊集院。

その瞳に迷いはなく、確かに財閥令嬢としてのプライドと、『ダメンズ』のファンとしての矜持《きょうじ》が垣間見《かいまみ》られたような気がした。

「そうか、残念だ……」

俺は小さく嘆息する。確かに伊集院のことを、俺は侮っていたかもしれない。

てっきり即座に食いついてくると思ってただけに、この抵抗は予想外だった。

説得してもおそらく無駄だろう。それほど強固な意志を、この金髪お嬢様から感じたのだ。

「フッ、理解出来ましたかしら？　葛原和真《くずはらかずま》、貴方の汚い手口など、このわたくしには通じませ……」

「んじゃ、お前らはどうする？　伊集院みたく、コスプレ写真は欲しくないか？」

てなわけで、無駄なことはさっさとやめるに限る。

伊集院に即行で見切りをつけた俺は、対象を切り替えて、クラスの男連中に聞いてみることにした。

「へ？」

「「い、いいのか!?」」

「ああ。ただ、俺につっかかるのはもうやめろよ。あと、伊集院に従うのもナシな。アイツはいらないみたいだから、伊集院に付くっていうなら写真はやらんぞ」

「「勿論《もちろん》です和真さん！　あの人の言うことなんてガン無視するッス！」」

「へ？？？」

うむ、実にいい反応だ。クラスメイトたちの熱い手のひら返しに満足しつつ、質問を続ける。

「んじゃ、オーダー聞くけどなんかある？」

「ウェイトレスさんでオナシャス！　ニッコリ笑顔で、ポーズお願いシャス！」

「チャイナドレスで接客してくれるイメージで！　髪型もシニヨンにして、明るくこっちを見てくるの！」

「ぼ、僕はメイドがいい！　メイド服で腕組んで、『なにこっち見てんのよ、バカ』って、見下す感じのが欲しいんだよ！　ガーターベルト付きでぇっ！」

「馬鹿野郎！　チアガールこそが至高だろうが！　雪菜ちゃんがポンポン持ってフレーフレー！って応援してくれる姿を想像するだけで、俺はもう……！　うっ！」

「競泳水着を！　競泳水着をお願いします！！！　金ならいくらでも払いますから！！！なんでもしますから！！！」

「裸ワイシャツで、私と添い寝してくれる感じでお願い！　雪菜ちゃんとアリサちゃんなら、私全然イケるから！　むしろ私から行くから、ちょっと恥じらいバージョンも頂戴！！！」

「へ？？？？？？？？？」

「待て待て。ちょっと要望が多すぎるな。誰かノートに皆の希望衣装とシチュをまとめといてくれ。名前も書いといてくれよ。あと、あんま過激なのはさすがに却下させてもらうから、そこは了承してくれ」

「「「承知しました和真さん！　アンタは神です！　よろしくお願い致しまっす！！！」」」

フッ、欲望に正直な奴《やつ》らめ。だが、そういう奴ら……嫌いじゃないぜ？

「ちょっと！　ま、待ちなさい！」

俺が周囲の反応に満足し、頷《うなず》いていると、何故《なぜ》か伊集院が焦りを見せていた。

「皆さん、なにを言っているんですの⁉　これは罠《わな》です！　葛原和真の奸計《かんけい》であることは明らかなのに、何故乗ろうとしているんですの！！？？」

「いや、そう言われても。こんなチャンスそうそうないし」

「俺もファンクラブ会員ではあるけど一桁じゃないからなぁ。やっぱ好きな衣装着た雪菜ちゃん見たいんだわ」

「悪いね伊集院さん。僕はどうしても、アリサちゃんのメイド服が見たくて見たくて仕方ないんだよ！　そのためならクズだろうと悪魔だろうと、魂だって売ってやる！」

「そりゃクズ原はムカつくけど、欲望には逆らえねぇんだ」

「悲しいけど俺ら、ただのドルオタなのよね」

「そ、そんな……！」

味方だと思っていた連中に裏切られ、声を震わせる伊集院。

さぞかしショックだったんだろう。そんな彼女の肩を、俺は背後から優しく叩《たた》いていた。

「残念だったな、伊集院」

「く、葛原、和真……」

「まぁそういうこった。悪いが、皆俺の味方だったようだな。皆の好意を無駄にするわけにはいかないし、今度の休みにでも、早速コスプレ撮影をすることにするよ」

「あ、あ……」

「まぁお前はいらないみたいだから、しょうがないよな。クラスの皆にも、伊集院には絶対渡さないよう言っておくから、そこは了承してくれよ？　財閥令嬢だからって、クラスメイトから写真を巻き上げるようなことはしないよな？　俺と違って、一桁ナンバーの矜持があるって言ってたし。俺は、お前のことを信じてるぜ？」

もう一度肩を軽く叩いて念入りに忠告し、踵《きびす》を返して席に戻ろうとしたのだが。

「……ませ」

「ん？」

何故か今度は俺の肩に、伊集院の手がのせられていた。

その手は細かく震えており、まるでなにかと葛藤しているかのようである。

「わた、くしも……わたくしにも、写真を……写真を、下さいませんか……」

「んん？　なんだ？　空耳かな？　有り得ない言葉が聞こえてきた気がするんだが？」

とぼけてみせると、肩にかけられた手が大きく震えた。

だが、それもすぐに収まり、代わりに震える声が、背後から聞こえてくる。

「わたくしにも、どうか、おふたりの写真を、下さいませんか……！」

それを耳にして、俺は懇願してくるお嬢様に見えないよう、薄く笑った。

「へぇ。あんなに啖呵《たんか》切ってたのに。さっきの言葉はウソだったのか？　お前、俺とは違うって言ってたよな。一桁ナンバーの矜持はどうしたよ？」

「皆さんの手前、意地を張ってました……本当は、欲しいです。ものすごく欲しいですのぉ……！　一桁だろうがなんだろうが、欲しいものは欲しいんですぅぅうっっ……！」

フッ、堕《お》ちたな。将を射んとする者はまず馬を射よとは、よく言ったもんだぜ。

お嬢様の絞り出すかのような慟哭《どうこく》を耳にし、俺は愉悦を噛《か》み締めながら口を開く。

「なら、まず俺に言うことがあるよなぁ？」

「くぅ……こ、これまでの非礼はお詫《わ》びします。ですから、どうか……！」

「お願いします、だろ？」

「……………お、お願い、します……」

「和真様は？」

「お願いします、和真様……！　わたくしにどうか、どうか、おふたりの写真を、コスプレをぉぉぉ……！」

どんなに金を持っていても、人は欲望に逆らえない。たとえ財閥令嬢であったとしても、決して例外ではないのだ。

「ククク、そこまで言うならしょうがないなァ……言っとくけど次はないぜ？　ただ、衣装代もカメラも、全部お前持ちな。それくらいのペナルティを受け入れるのは、当たり前だよなァ？」

「勿論、ですわ……！　く、くぅぅぅ……！」

そのことを確信し、俺は満足しながら、悔しそうな唸《うな》り声《ごえ》をあげつつ誠意を見せる伊集院《じゅういん》に、寛大な心で応えることにしたのだった。

迎えた休日。ゴールデンウィークを間近に控えたこの日、時計の針がまだ午前中を示している中で、我が家のリビングにはすでに数人の人影があった。

「カズくんどう？　私可愛《かわい》くなれてるかな？」

「完璧だ。今の雪菜《せつな》はめちゃくちゃ可愛いぞ。俺が保証してやろう」

「えへへ、やった♪　嬉《うれ》しいな♪」

俺が頷くと、雪菜は満面の笑みで飛び跳ねる。同時に頭の上のウサミミがぴょこりと揺れて、お尻のしっぽもふわりと動く。

それを見て、俺も思わず笑みを浮かべてしまう。

「うむ。実に素晴らしい。どこに出しても恥ずかしくない、完璧なバニーガールだな」

今雪菜が着ているのは、黒のバニースーツである。

肩を出したハイレグタイプの革衣装に、黒いウサミミとカフス。蝶《ちょう》ネクタイに網タイツという、誰もが思い描く正統派バニーガールそのものだ。

黒髪に黒バニーという定番にして鉄板の組み合わせだが、だからこそ素晴らしい。

黒のバニースーツが雪菜の白い肌と相まって映えており、絶妙なコントラストを醸し出している。

身体《からだ》のラインがハッキリと出る衣装ではあるが、雪菜のスタイルは抜群で、腰のくびれもハッキリと見て取れるため、ことさら魅力を引き出しているのがいっそ卑怯《ひきょう》ですらあった。

髪型もポニーテールにしているため、うなじや首筋がハッキリ見えるのもポイントが高い。

首元の蝶ネクタイもアクセントとしてこの上なく効力を発揮しており、なだらかな肩のラインを強調している。

健康的でありながら間違いなくセクシーであり、胸の深い谷間がなんとも扇情的だ。どうでもいいが、俺は巨乳好きだった。

「いや、バニーガールは普通に恥ずかしいでしょ……」

幼馴染《おさななじみ》の成長ぶりに感慨深く頷いていると、後ろから声が飛んでくる。

振り向くと、そこにはもうひとりの幼馴染が、白いバニーガール姿で呆《あき》れたように腕を組んで佇《たたず》んでいた。

「おっ、アリサも着替え終わったのか」

「うん、まぁね……でも、バニーガールの衣装なんて初めて着たけど、思ったより露出多いわね、これ。肩とかなんだかスースーするし」

どことなく嫌そうに、ヘアバンド状のウサミミを指で軽く弾《はじ》くアリサ。

セミロングのシルバーブロンドの髪をしたバニーは、長髪の雪菜とはまた違った良さがある。

女の子とは不思議なもので、髪型ひとつであってもこうも印象が違うものかと、いっそ感心してしまうほどだ。

それにしても、ウサミミがあるだけで普段と違う色気のようなものを感じるのは何故だろう。

衣装も合わせるように白のバニースーツだが、雪菜と違い足は通常のタイツで包まれており、脚線美が浮き彫りになっている。

外国の血の混じったアリサのスタイルの良さをよく引き立てている衣装だ。立っているだけでも抜群の存在感があり、モデルとして十分通用するに違いない。

胸も何気に雪菜以上に大きく育っているのは俺にとっても朗報だった。

「マーベラス。最高だ。パーフェクトと言っていい。やはり俺の目に狂いはなかったな。銀髪にはやはり青の衣装が実に映えるぜ……」

銀の髪と白いバニーガール衣装は相性抜群だと思っていたが、これほどとはな。

自分の見立てが間違っていなかったことに満足し、何度も深く頷く俺に、アリサは頬を赤らめる。

「てか、これも写真撮るの？　さすがにバニーガール衣装を同級生に見せるのは、ちょっと恥ずかしいんだけど……」

「いや、バニーは俺の趣味だ。最近ハマってるソシャゲがバニー推しなんでな。クラスのやつらに見せる予定はないから、そこは安心してくれ」

バニーっていいよね。そこにアイドルが加わればもう無敵だ。ただ幼馴染のバニー姿が見たいという好奇心に駆られたわけだが、俺は絶対に悪くない。

「アンタの趣味かい！」

「そうなんだ！　じゃあ私、バニー一式用意しておくね！　カズくんなら、私いつでもウェルカムだよ！」

俺の発言にツッコむアリサと、嬉々として俺の趣味を受け入れてくる雪菜。

対照的なふたりの対応に、さっきのアリサの話もあってか、なんだか昔を思い出すな。

思えば、俺が養ってほしいと言った時も、ふたりの反応はこんな感じだったっけ。

あの時とは色んな意味で違う状況だというのに、つい懐かしい気持ちになってしまう。

「ははは。まぁいいじゃないか。好きなもんは好きなンだわ。あと雪菜、バニー衣装は買わなくて大丈夫だぞ。伊集院が全色サービスでくれたからな。なんならオプションも頼めば、後で追加でよこしてくれるんだってさ」

クラスメイトたちの要望をまとめたリストを渡した際、俺が追加したバニーガールに目ざとく反応した伊集院が、「あ、あんな破廉恥な衣装をセツナ様とアリサ様に着させるつもりなのですか!?　なんと最高……いえ、やはり最低のクズですわ貴方《あなた》は！　許すことは出来ませんが、仕方なく！　仕方なく用意して差し上げます！　なにも言わなくて結構！　貴方のような男のことですもの、どうせあらゆるカラーとバリエーションをよこせと言うのでしょう!?　分かってます、分かってますから、わたくしが全て準備致しますわ！　くっ、あのお二方がバニーガールになるなどと……！　は、鼻血が……うっ！」などという、やたら長いセリフを一気にまくし立てた後、他の衣装と一緒に送ってきたのだ。

カラバリやオプションアイテムもフルセットで揃《そろ》えているうえに、スーツ自体全て本革仕様の高級品という、お前どんだけ力を入れたんだという充実っぷりである。

ふたりもそれを感じていたのか、バニー姿で並びながら、俺の話にどこか感心したように頷《うなず》いている。

「へー、さすが伊集院財閥のお嬢様ってところかしら」

「そういえば他の衣装も肌触り良かったし、素材もちゃんとしてたよね。さっき着たウェイトレスの衣装とか、全部シルク製だったよ」

「装飾もやたら凝ってたわよね。あれ、多分十万以上は軽くするはずよ。どこから手に入れてきたのかしら……」

貰《もら》っておいてなんだが、それはもはやウェイトレス衣装と言っていいのか分からんな。

別に紙面を飾るわけでもないんだし、クラスメイトのみに渡す写真なら、安いコスプレ専門店で売ってるようなポリエステル製でも十分だと思っていたんだが。

『ダメンズ』に着せる衣装に粗相があってはならないとばかりに、全て高級素材であつらえたオーダーメイドと言える一点ものばかりを大量に、それもこの短期間で手に入れるとか、どんなコネを使ったのやら。あのお嬢様は、どうやら思っていた以上にガチ勢らしい。

「お二方、準備はよろしいでしょうか？」

掛けた金と力の入れ具合に、庶民との明確な差を感じている俺たちの間に、唐突に割り込む小さな声。

釣られるように振り向くと、そこにはヘッドドレスにウサミミを差し込み、エプロンを付けた青いバニー衣装に身を包んだ、無表情の女の子の姿があった。

「ああ、一之瀬《いちのせ》か。悪い、待たせてしまったな」

「いえ。女性の着替えに時間がかかるのは当然のことかと。わたしのことは気になさらないで下さい。これも仕事のひとつですから」

そう言って畏《かしこ》まる一之瀬だったが、その身体はまるで畏まってなかった。

制服を着ている時は気付かなかったが、出るところは出て、引っ込むところは引っ込んでいるという、女性として実に理想的な体型を彼女はしている。

それをメイド服を彷彿《ほうふつ》とさせるフリルが各所を彩っており、どこか幼さを感じさせつつも、太ももから下を覆うガーターベルトが妖艶さを演出するという、どこかアンバランスながらも可愛さとセクシーさが奇跡レベルで同居している素晴らしいバニーであった。

（メイドバニーは邪道だと思っていたが……いやはや、これは十分ありだな……）

思わず感心しながら、彼女の身体をしげしげと眺めていると、頬を膨らませた雪菜が抗議してくる。

「カズくん。他の女の子ばかり見ていちゃ嫌だよ。私のこともっと見て！」

「ああ、悪い悪い。つい、な」

宥《なだ》めながらも、俺はこっそりヘッドドレスを付けたバニーへと目を向けた。

一之瀬は雪菜たちに不埒《ふらち》な真似《まね》をしないか気がかりだった伊集院《いじゅういん》に、撮影の手伝いの名目で監視として我が家に送り込まれてきた、所謂《いわゆる》スパイだ。

もっとも、そのことを来て早々本人の口からぶっちゃけられたし、言われなくても余裕で想像がつくことだったので、こっちとしてはまるで気にしてない。むしろありがとうと言いたいくらいだ。

なんせダメ元で頼んだら、あっさりバニーガール衣装を着ることを承諾してくれたからな。それも何故《なぜ》か持参のやつを。

（なんでこんなの持ってるのかは黙秘権を貫かれたから聞けなかったけど……ま、いっか。激レアモノのメイドバニーを見られたしな）

バニーの前には細かい理屈などどうでもいい。バニーは全てに勝るのだ。

学校にメイド服で来るくらいだから、てっきりメイドであることに誇りを持った、筋金入りのメイドさんであると思っていただけに、俺にとっては嬉しい誤算。ちょっとしたサプライズのようなものだった。

（これはお礼に、伊集院にもバニーを着てもらわないとだな。いや、しかし一之瀬もこれだけのものを持っているとは……）

幼馴染ふたりに比べればスレンダーではあるが、さすがに本職のアイドルと比べるのは酷だろう。

それになにも、スタイルの良さだけが、女の子の魅力の全てじゃない。

メイドさんは世の男子に一定の人気があるし、無表情ながらも日本人形のように整った一之瀬の容姿に惹《ひ》かれるやつは多いだろうからな。要はどこに魅力を見出《みいだ》すかという話だ。

そもそも、メイドさんが人気アイドルふたりと並んで見劣りしないだけで十分凄《すご》いのである。

磨けばそれこそアイドルにもなれるんじゃないかと思うが、惜しむらくは、彼女には既に雇い主がいることだ。

（いくら忠誠心が薄いとは言え、伊集院がいるなら俺を養ってくれはしないよなぁ）

そのことになんとなくもったいなさを感じていると、なにやらはしゃぐ声が聞こえてくる。

「一之瀬さんかわいー！　バニーの衣装すっごく似合ってるよ！」

「同感。でも、貴女までわざわざバニーなんて着なくても良かったんじゃない？　コスプレしろとまでは言われてないんでしょ？」

「そうではありますが、皆さんも着替えているのになにもしないのは良くないかと思いまして」

「あ、ごめん。気を遣わせちゃった？」

「いえいえ。着てみると案外悪い気はしませんでしたから……それに、葛原《くずはら》様もこの衣装がお好みのようですし」

「ふーん、ならいっか」

「………一之瀬さん、カズくんの好みが気になるの？　なんで？」

「それはノーコメントとさせて頂きます。わたしとしても、まだ測りかねているところがありますので」

いつの間に仲良くなったのか、三人で会話が弾んでいるようだ。

それはなによりだったが、俺としては色とりどりの衣装を着たバニーガールの美少女たちが、目の前に並んでいることが重要だ。

（素晴らしい光景だな……やっぱりバニーガールは最高だぜ）

　これだけでも感無量だったが、アイドルとアイドル級の美少女が我が家のリビングに三人も存在しているというシチュエーションが、なにより俺には好ましかった。まるで自分が選ばれし人間になれたようで、つい感慨深くなってしまう。

「うんうん。自分の家で女の子にコスプレしてもらい、ハーレムを作る。これぞ男のロマンだよなぁ」

　ちなみに俺の親は現在夫婦揃って海外へ転勤中で、家には俺ひとりしかいなかったりする。

　そうでなければコスプレ撮影会を決行することはできなかっただろう。なんせウチの両親は、ひとり息子である俺に全くと言っていいほど甘くないし、むしろやたら手厳しいところがあるからだ。

　転勤が決まった時はよくあるギャルゲ主人公みたく、家に息子ひとり残して海外へという王道展開を期待していたものだが、そんな高校生男子にとってあまりに都合のいい行動を、両親はとってはくれなかった。

「お前をひとりで家に残したら、ロクなことをしないのは分かってる。絶対一緒に連れて行くからな！」などとのたまい、俺を幼馴染《おさなな》《じみ》たちから引き剝がそうと必死だったからな。

　お袋なんて、「あんないい子たちの人生を、お前みたいなクズ息子のために歪《ゆが》めてしまうわけにはいかないのよ！」などと、鬼の形相で言い放ち、寝ている俺を強引に簀《す》巻《ま》きにして海外まで連行しようとしてきたのは、思い返しても腹だたしい限りである。

無論全力で抵抗したし、最後は脱出した後に雪菜《せつな》とアリサの家に駆け込み、ふたりに泣きついて親父《おやじ》たちを説得してもらったのだ。

あの時の両親の俺を見る目は、俺を引き止めるために必死になってくれる幼馴染がいる自慢の息子ではなく、どうしようもないクズを見る目そのものだった。

実に嘆かわしい。俺は親の手を借りずに永久にニートでいられる手段を確立している、超絶有能息子だぞ？

両親のことは嫌いじゃないが、働くことを当たり前のことだと刷り込まれているのはいただけない。

その常識自体が間違っていることについて、なにも疑ってないんだからな。

親の在り方を思い返したことで、元々強かった俺の意志は更に確固たるものになっていく。

(ああならないためにも、俺は絶対に働かんぞ……！)

そうだ、俺は一生を楽しく遊んで暮らすのだ。

理想のハッピーライフを送るために、雪菜とアリサにはこれからもアイドルとして頑張ってもらう必要があるだろう。

ふたりの稼ぎが俺の生命線であり、要《かなめ》である。

（働かずに済むなら、俺はどんな努力も惜しまん。それこそハーレムだろうがなんだろうが、作り上げるし維持してやるぜ！）

そう心に誓いつつ、俺は未《いま》だ談笑を続ける三人へと話しかけた。

「なぁ三人とも、ちょっといいか？」

「ん？　なに？　あ、そろそろ撮影始めるの？」

振り返り、そう聞いてくるアリサに対し、俺は苦笑しながら軽く首を振る。

「それもあるんだが……今更だけど、お礼をちゃんと言ってなかったなと思ってさ」

言いながら、頭を下げた。親しき仲にも礼儀ありという諺《ことわざ》があるように、こういう時は誠意はしっかりと見せなくてはいけない。

「ふたりとも、仕事も忙しいのに、今日はわざわざ付き合ってくれてありがとな。一之瀬もそうだ。皆のお陰で、本当に助かったよ。感謝してる」

「別にいいよ。全然気にしてないし、カズくんの力になれたならむしろ嬉《うれ》しいもん！」

「アタシも問題ないわよ。むしろ、和真《かずま》に頼ってもらえて嬉しかったというか……これ以上は言わせないでよ、バカ……！」

「わたしは仕事ですので、お気になさらずです。むしろ、葛原様のことを良く知るいい機会をもらえたので、お礼を言うのはこちらのほうかと」

三者三様の言葉が返ってくるが、そのどれもが好意的なものだった。

そのことに満足しつつ、俺は次の言葉を口にする。

「ありがとな。そう言って貰えるのは助かるが、俺だって男だ。女の子に世話になりっぱなしってのもあれだし、たまにはお礼をさせてくれ」

「お礼？」

「ああ。雪菜たちは、俺に何かしてほしいこととかあるか？　あるなら言って欲しい。俺に出来ることならなんでもとまでは言えないが、なるべく聞くつもりだ」

言い終えた途端、幼馴染たちの表情がみるみるうちに変わっていく。

「嘘《うそ》、ホントに？」

「いいの!?」

「勿論《もちろん》だ。いつも小遣い貰《もら》ってるし、俺だってふたりのためになにかしてあげたいとは思ってたからな」

機嫌を取りたいという打算もなくはないが、これは間違いなく本心だ。

学生をやりながらアイドルをするのは、ストレスが溜《た》まるだろうからな。

幼馴染たちに倒れたりして欲しくないし、俺がなにかをすることでふたりがリフレッシュ出来るのなら、それに越したことはない。

「えっと、それじゃあアタシは……」

「はーい！　私、カズくんにお願いしたいことありまーす！」

考え込む仕草を見せるアリサに対し、先に動いたのは雪菜だった。

挙手をしてアピールしてくるその顔には、満面の笑みが浮かんでいる。

「随分早いな。もしかして、雪菜は前から俺になにか頼みたいことでもあったのか？」

「えへへー、実はそうなんだ。こういう機会があったら聞いてもらおうってずっと思ってたの」

「へぇ。そうだったのか」

そいつは意外、というほどではないか。

雪菜がいくら尽くしたがりのいい子とはいえ、聞いてほしいことのひとつやふたつくらいはあるのが普通だろう。

聖人君子でないことはわかっているが、幼馴染にちゃんと自分の願い事があったという事実を、素直に喜ぶべきなのかもしれない。

「うぅ、先を越されちゃった……」

「悪いがアリサは後でな。ちゃんと聞くから心配するなよ」

「うん……」

雪菜の横ではアリサがガックリと肩を落としていたが、こういうのは早い者勝ちと相場が決まってるからな。

落ち込むアリサに軽くフォローを入れ、改めて雪菜に向き直る。

「さあ雪菜、願いを言え。どんな願いもひとつだけ叶《かな》えてやろう」

「あはは。その台詞《せりふ》、どこかで聞いたことあるね」

俺の冗談に笑う雪菜の顔は楽しそうだ。俺たちの間に、和やかな雰囲気が流れていることが感じ取れる。

「一度言ってみたかったんだよ。それで、雪菜はなにをして欲しいんだ?」

「ふふっ、えっとね、カズくんに私のこと褒めて欲しいんだ。私のことが必要だって言って欲しいの」

はにかみながらお願いを口にする雪菜に、俺は少々面食らう。

雪菜の普段の頑張りに対し、それはご褒美というにはあまりにもささやかすぎるお願いなんじゃないだろうか。

「え、そんなんでいいのか。雪菜のことはいつも褒めてるだろ」

「いいの。私には、カズくんに必要としてもらうことが一番のご褒美だから」

念のために聞き直してみたが、雪菜の答えは変わらない。

もっとワガママを言ってもいいと思うんだが……まぁ本人がそれを望んでいるのなら、これ以上言及するのも良くないだろう。

俺が働きたくないと願うように、人の幸せはそれぞれ違うものだからだ。自分の尺度で考えて、無理に強要するようなものじゃない。

「分かった。いつも通りでいいのか？」

「うーん。それもいいんだけど、せっかくだしこのメモの通りのことを言って欲しいかな。録音するから」

「え、メモ？　それに録音？」

「うん、録音。ボイスレコーダー持ってるから、それに聞こえるように言って欲しいなぁ」

そう言いながらメモを手渡してくる雪菜。反対の手にはボイスレコーダーが握られていたが、どっちもいつの間に取り出していたんだろう。全然分からなかったんだが。

用意がいいといえば聞こえはいいが、バニーガール衣装のどこにそんなものを隠していたが……い、いや、こういうのは触れたら負けだ。スルーして話を続けることを心に決める。

「わ、分かった。メモの通りに言えばいいんだな」

「お願いねカズくん。ふふっ、これで目覚ましの音声をカズくんに設定するんだぁ。私だけを必要としてくれる、私だけのカズくんの声を聴いて起きられるって、最高だよね。これからは凄《すご》くいい朝を迎えられそうで楽しみだなぁ」

心底嬉しそうに微笑《ほほえ》む雪菜だったが、その目が若干濁っているように見えるのは気のせいだろうか。

「そ、そっすか。じ、じゃあ読むからな」

「うん♪　録音の準備は出来てるから。感情を籠めてお願いね」

謎の悪寒が背筋に走るのを感じながら、雪菜から目を背けるようにメモへと視線を落として読み上げる。

「えっと……『おはよう雪菜、いつもお疲れ様。俺のためにいつも頑張ってくれてありがとう。やっぱり俺にはお前しかいないよ。雪菜から離れるなんて考えられない。これからは雪菜のことだけを考えるから。俺にはもう雪菜しかいないんだよ。他の女の子なんてどうでもいい。俺には雪菜だけがいればそれでいいから、一生俺のことを養って欲しい。そして俺と生涯を添い遂げて……』」

「ちょっと待って」

言われた通り読み上げていると、突如待ったの声がかかる。

「ん？　どうしたよアリサ」

「アリサちゃん、今は私がカズくんのお願いを聞いてもらってるんだよ！　急に入ってきたらダメなんだから！」

「いや、それはゴメンだけど。ねぇ雪菜。なんでアタシのことスルーしてるの？　アタシだってふたりとずっと一緒にいるし、これからもそのつもりなんだけど」

頰を膨らませる雪菜と、ジト目で雪菜を見るアリサ。

別に空気が悪くなっているというほどではないが、どちらも不満そうなのは見て取れる。

（雪菜はともかく、アリサは案外寂しがり屋だからなぁ）

アリサからすれば仲間外れにされてるようで、ちょっと納得できないのだろう。

他のやつは知らないだろう、幼馴染の一面のひとつだ。

「勿論私だってアリサちゃんのことを大切な親友だと思ってるよ」

「なら……！」

「でも、たまにカズくんのことを独り占めしたいなって思う時があるんだよね。私だけを見てくれるカズくんを考えたら、すっごく胸がポカポカして、幸せな気持ちになるの」

「…………それは」

「アリサちゃんもそうじゃないの？　せっかくカズくんが機会を作ってくれたんだもん。こういう時くらいは、素直になってもいいと思うな」

アリサを諭す雪菜《せつな》の顔は、とても優しかった。

納得したのか、やがてアリサも顔を赤らめながら「…………うん」と頷《うなず》き返し、小さく微笑んでいる。

まさに親友の絆《きずな》を感じるワンシーンだ。このまま画面を抜き取っても、ドラマに使えるのではないだろうか。

（問題は格好がバニーガールであることと、その話を当事者である俺の前でしていることなんですけどね！）

目の前でこんな話聞かされて、俺はどうすりゃいいってんだ。

何とも言えない気分になっていると、近づいてくる人影があることにふと気付く。家には四人しかおらず、そのうちふたりが会話をしているため、それが誰であるかはすぐに察した。

「一之瀬《いちのせ》か」

「モテモテですね、葛原様《くずはら》」

起伏のない声だった。からかってる様子もないし、嫌みではないんだろうが、他人から指摘されるといくら俺がイケメンとはいえ少し気はずかしいものがある。

「悪いな、なんか変な流れになっちゃって」

「いえ、お気になさらず。珍しいものを見られましたので。ただ、お嬢様に報告したら卒倒なさるでしょうね。泡も吹くのではないでしょうか」

「それは身体《からだ》に良くないな。金を貰えないと困るし、黙っていてもらえると助かる」

「承知しました」

小さく頷く一之瀬だったが、その表情は相も変わらず崩れていない。

そのためイマイチ考えが読み取れないが、彼女の口が固いことを期待するしかないだろう。

そんなことを考えていると、一之瀬が聞いてくる。

「差し出がましいようですが、葛原様にひとつお聞きしても宜《よろ》しいでしょうか？」

「ん？　いいぞ、なんだ」

断る理由もないので、深く考えずに頷いたのだが……。

「葛原様は小鳥遊《たかなし》様と月城《つきしろ》様。どちらを選ぶおつもりなのですか」

幼馴《おさなな》染《じみ》ふたりには届かないくらいの小さな、だが俺には確実に届く声で、一之瀬はそれを聞いてきた。

◇◇◇

「…………」

しばしの沈黙が、俺たちの間を包んだ気がした。

「無理に答えて頂かなくても結構です。ただ、気になりましたので」

「……それ、伊集《いじゅう》院《いん》から聞くように命令されてたのか」

少しばかりの間を置いて聞き返す。

質問に質問で返すのは御法度だが、今回は仕方ないだろう。

一之瀬の聞いてきたことは、ハッキリ言ってかなり踏み込んだ質問だ。

恋愛絡みの話は親しい相手であっても聞きづらい内容のはず。いや、逆にまだ親しくない今だからこそ聞けるのか？

こういった事情に関しては疎いため、推測の域を出ない。

まずは一之瀬がなにを思ってこんなことを聞いてきたのか知る必要があった。

「いえ、わたしの個人的な興味です。先日の休み時間でも、おふたりは葛原様にかなり心を許されているようでしたから」

「一之瀬にはそう見えたのか」

「女性は好意を持たない相手に、髪を触れさせないものです」

「なるほど」

それは確かにと納得する。

女の子は髪をとても大事にしているし、セットに気を遣っているからな。

親しい相手でも中々触らせないとも聞くし、教室での会話も合わせれば判断材料としては十分か。

「まぁもっと言えば幼馴染だからといってお金を渡す方はほぼいません。わたしもお嬢様に貢ぐつもりは一切ありませんから……本当のご主人様に出会えたらまた別ですが」

じっとこちらを覗《のぞ》き込むような一之瀬の瞳には、なにかを期待しているかのような色があった。

それがなんであるかは分からない。単純な好奇心なのかもしれないし、もっと別の何かかもしれない。

ただ、ここまでの話から一之瀬個人の興味本位による質問であるのは間違いなかった。

それなら答える必要はないし、突っぱねても問題はない。本人も無理に答えなくていいとのことだ。

なら、ノーコメントの一言でこの話題はすぐに収まる。それで終わらせ、何事もなかったようにコスプレ撮影に戻るのがきっと正しい判断だ。それくらいのことは分かってる。

だが――。

「一之瀬は聞きたいんだよな、俺が雪菜とアリサ、どっちを好きかを」

俺はあえて、話を続けることにした。

身長の関係上、見下ろす形になるが一之瀬の目を真《ま》っ直《す》ぐ見据える。

俺の言葉を受け、一之瀬の瞳が揺らぐも、それも一瞬のこと。やがてコクリと頷くと、彼女は小さな声で、だけどハッキリ「はい」と答えた。

「分かった。じゃあ答えるよ。俺は――――」

互いの意思は確認した以上、言いよどむ理由はどこにもない。

一之瀬と視線を交錯させ、俺は彼女の望んだ答えを口にした。

「どっちかを選ぶつもりは全くない。いや、好きは好きだけど、なにを選ぶかと聞かれたら、俺は迷わず金を選ぶ。俺が大好きなのは金だ」

「…………え？」

「だから俺の大好きな金を稼いできてくれるふたりのどちらかを選ぶつもりは一切ない。生涯俺を遊ばせてくれると言ってくれてる子を手放すとかありえん」

「く、葛原様？　貴方《あなた》、自分がなにを言っているのか分かっているのですか!?　それは二股をすると言ってるも同然です!?」

俺の答えを聞いた一之瀬はすごい顔をしていた。

無表情の仮面が崩れ落ち、明らかに動揺しているのが見て取れる。

「人聞きの悪いこと言うなよ一之瀬。俺たちは付き合ってないし付き合うつもりもないから二股じゃない。なによりアイドルに恋愛は御法度だからな。それくらい俺だってわきまえてるよ」

「尚更《なおさら》ひどいですよ!?　おふたりからの好意を理解しながら、金銭だけ受け取ろうというのですか!?」

「？　なにが悪いんだ？　ふたりには一生養ってもらうし、稼いだ金のほとんどを俺が貰《もら》うっていうだけだろ？　雪菜たちは俺を養えて嬉《うれ》しいって言ってくれてるんだぜ。そして俺はふたりに養って貰えてとっても嬉しい。ほら、誰も損してないじゃないか。皆ハッピーだし、最高じゃん？」

対し、俺は幼馴染として当然の権利を、胸を張って主張する。

そもそもガキの頃の約束で言質《げんち》は取ってるからな。あの頃の俺、マジＧＪだ。

思えば俺は昔から頭が良かったなぁ。天才なんじゃないだろうか。

そんな天才である俺を、一之瀬は信じられないものを見たかのように見つめてくる。

「そ、そんな、どうしようもないクズそのものの主張をそうも堂々と……葛原様は男性として、それでいいのですか!?」

「いいに決まってんだろ」

悩むまでもなく即答する。

「男としてのプライド？　そんなもんに拘《こだわ》って、何十年も働き続けるってのか？　断言する。ありえん。そんな人生クソくらえだわ」

「なっ……」

そんなもんのために働かないといけないっていうなら、ちっぽけなプライドなんざゴミ箱に即座にダンクシュートしてやる。ていうかした。俺は社畜なんぞになりたくない。

「俺は生涯働かないと決めたんだ。それを邪魔するようなチャチなプライドなんざ、とうに捨てたわ。俺は養われて遊んで生きるんだよ。これだけは絶対に譲れん」

「そんな……なんという……」

自信満々にふんぞり返る俺を見て、身体を震わせる一之瀬。

まるでなにかに怯《おび》えるかのようにブルブルと。大きな瞳は揺れ動き、やがて顔も赤みを帯びていく。

（あ、やっぱ怒ったかな？）

さすがにまずいことを言ったかと思い、今更ながら距離を取ろうとしたのだが、

「なんというクズさ……ゲスさ……プライドのなさ……あまりにも救えない、ゴミのようなドクズ……まさかここまでのダメ人間だったとは……」

フラフラと熱に浮かされたような足取りで、一之瀬のほうから近づいてくる。

「おい、大丈夫……」

「それは、それはあまりにも……」

「あまりにも、わたしの理想そのものです……！」

「へ？」

それはあっという間の出来事。

気付けば抱き締められており、背中に彼女の手が回される。

そして、

「ようやく、ようやく見つけました……わたしの、尽くすべきご主人様を……」

赤らんだ顔で、そんなことを言われてた。

◇◇◇

数秒。あるいはもっとだろうか。

思わず首を傾《かし》げてしまった俺を、誰が責められるというのだろうか。

メイドバニーに抱き締められるという状況もそうだが、言われたことに対して理解がまるで追いつかない。

「……………はい？」

え、なにこれ。どうゆうこと？

浮かんだ疑問に答えるように、一之瀬《いちのせ》が小さく口を開く。

「わたしはずっと探していました。貴方のような性根の腐りきった、どうしようもないクズなお方を。プライドも捨て去り自分の都合のいいことしか考えず、もはや人として終わってるレベルに手の施しようのない、生まれついてのダメ人間を……」

「えぇ……そこまで言う？」

俺はただ自分に正直に生きているだけなんだが……。

困惑するも、一之瀬の主張は止まらない。

「そんな方こそ、わたしの理想のご主人様でした。クズであるからこそ、メイドとして尽くし甲斐《がい》があるというものですから。ですが、そんなクズな人間など夢だと、存在し得ないと思っていたお方に、ようやく巡り合うことができました。今、姫乃《ひめの》はとても幸せです……」

「は、はぁ、そっすか。よく分からないけど、凄《すご》いっすね」

なにやら感動しているようだが、褒められてるのか馬鹿にされてるのか微妙すぎて言葉がない。

「自信を持ってください。自分は最低のドクズだと。葛原《くずはら》様こそが、この一之瀬姫乃の運命のご主人様なのですから」

「えーっと……つまり……俺、一之瀬にご主人様認定されたってこと？」

「はい」

「マジすか。じゃあ、貢いでくれる？」

「勿論《もちろん》です」

「掃除とか、諸々《もろもろ》面倒も見てもらっていいかな？」

「なんなりとお申し付け下さい。貴方はもう、わたしの主様《あるじ》なのです」

言葉少なに頷《うなず》く一之瀬。相変わらず無表情ながら、嘘《うそ》をついているようには思えない。

フツフツと自分の中で歓喜の感情が沸き上がってくるのを感じ、俺は思わずガッツポーズを決めていた。

「やったぜ！　ヒャッホーイ！」

なんか知らんが、貢いでくれる美少女メイドさんを手に入れたぜ！　やはり俺は持っている男！　この調子で人生を謳歌《おうか》してやらあっ！

「カズくん？」

「和真《かずま》？」

「あ、ごめんなさい」

などと喜んでたのも束《つか》の間《ま》。気付けば幼馴染《おさななじみ》ふたりが、すごい目で俺たちのことを見ていた。

すみません、ふたりのことすっかり忘れてましたです、はい。

写真撮影から数日が経《た》った四月の終わり。

新しいクラスにもほぼ馴染《なじ》む頃合いに訪れる四月末から五月初めの大型連休、所謂《いわゆる》ゴールデンウィークが目前に迫り、生徒の多くは早くも浮き立っていた。

勿論、休みを純粋に待ち望む生徒も多いのだが、彼らの多くはあるイベントを心待ちにしていたからだ。

では、それはなにか。この質問を受けた多くの生徒は、こう答えることだろう。

――『ダメンズ』のミニライブ、と。

『ディメンション・スターズ！』の1ｓｔアルバム。その発売に合わせ、高校近くのショッピングモールにある広場で、リリイベが開催されることが既に告知されている。

当然それは鳴上《なるかみ》高校の生徒の耳にも入っており、当日はなにがなんでも参戦すると意気込んでいる者は多かった。

特に、『ダメンズ』のダブルセンターである小鳥遊《たかなし》雪菜《せつな》と月城《つきしろ》アリサの在籍する二年Ｄ組では、クラスのほとんどが現地で応援することを表明している。

それに伴いグループチャットも盛況で、クラスのＫＡＮＥ《ケイン》には夜になるとチャットルームで毎日誰かしらによるメッセージのやり取りがあることからも、その士気の高さがうかがい知れるというものだ。

特にここ最近は盛り上がりが著しく、熱の籠った推しへの想《おも》いの丈を綴《つづ》った怪文書が昼夜問わず投稿され、誰が一番のファンであるかを競い合う日々が続いていた。それは何故《なぜ》か。

その答えであり、同時に原因にもなった雪菜とアリサのコスプレ写真を机の上に広げながら、彼女——伊集《いじゅう》院麗華《いんれいか》は、頭を抱えて項垂《うなだ》れているところだった。

「どうしてこうなったんですの……」

その呟《つぶや》きには、確かな嘆きが込められていた。彼女がいる場所は、都内にある伊集院家の自室である。

普段ならお付きのメイドである姫乃が世話役兼話し相手として共にいることが多いのだが、現在とある悩みを抱えている伊集院の希望により、ここ最近は帰宅早々部屋に引きこもっているため、今は彼女ひとりきりだ。

優に二十畳は超える広々とした室内には、豪奢《ごうしゃ》なシャンデリアを皮切りに、有名職人によって手がけられたアンティーク家具や小物が配置されており、これぞ大金持ちの住まいと言わんばかりの、まさに豪華絢爛《ごうかけんらん》な一室となっている。

本来ならクラシック音楽をＢＧＭにし、ティーカップを片手に優雅に過ごすことが相応《ふさわ》しい空間であったが、今はアイドルソングが大音量で流れており、テーブルには推しのアイドルたちがプリントされたマグカップが並べられているのは、まさに場違いとしか言い様がない。

さらに言えば壁一面には『ディメンション・スターズ！』のポスターがところ狭しと貼られており、調和を完全にぶち壊していたりするが、部屋の主はそのことをまるで気にする風でもなかった。

今彼女の視線は愛するアイドルたちのコスプレ写真に注ぎ込まれていたし、なにより本人からすれば由々《ゆゆ》しき事態が進行している真っ最中で、それどころではなかったのだから。

「わたくしの『ディメンション・スターズ！』が……わたくしの運命の女神たちが、こんな最高……いえ、破廉恥な写真を撮ることを、あの男に許しているなんて……！」

メイド服やウェイトレス、さらにはチャイナドレスにチアガール。ミニスカサンタにレオタードや巫女服《みこふく》といった、様々なコスプレ衣装を着た、ふたりの美少女がそこに写し出されている。

机の上にずらりと並べた写真の中で、彼女たちは様々な表情を浮かべており、それらは全て彼女のクラスメイトたちがリクエストしたシチュエーションに基づいたものだ。

貰《もら》った当初は伊集院も怨敵であるクズ原への怒りを忘れて大いに喜び、他のクラスメイト同様、怪文書を書きまくったものだが、やがて時間が経つにつれ、冷静になった彼女は写真に写るアイドルたちの表情を見て気付いてしまった。

そう、気付いてしまったのだ。壁一面に貼られているポスターと、これらの写真では、撮影者に向けられている感情がまるで違うものであることに。

それは『ダメンズ』のグッズを全て収集している彼女だからこそ気付けた違和感。

だが、気付けたことが本人に幸運をもたらすとは限らない。むしろ知らなければ良かったことも、世の中にはあるのだ。

「確かにどれも素晴らしい写真ですが、この表情が葛原和真によって生み出され、そして向けられていたと思うと、わたくしの脳が破壊されそうですわ……」

それだけでも頭が痛いことだったが、伊集院にとって頭痛の種となっていることは他にもある。

「しかもあの男、まさか姫乃まで手籠めにするなんて！」

あの日、撮影から帰ってきた姫乃の様子は、明確におかしかった。

まるで熱に浮かされたかのようにポーッとしていて、こちらの話も上の空。

どんなに問いただしても要領を得ず、ようやく姫乃の口から出てきたのが、「運命のご主人様と出会いました」だ。

最初は冗談かと思ったが、普段無表情な彼女が恥ずかしげに顔を赤らめていたことで、その言葉が本気であることを、伊集院はすぐに悟ってしまった。

「あの男、いったいどんな手を使って、あの子のことを……！　本当に、なんでこんなことになってしまったんですのぉ……」

幼い頃からともに育った、親友のような間柄であると思っていた自身のメイドまでもがクズ野郎に手籠めにされてしまったと理解した時のあの衝撃は、まさに筆舌に尽くしがたいものがある。

「わたくしはただ、あのお方たちのそばにいたかっただけなのに……」

あの男が『ダメンズ』のふたりに手を出すのではないかという不安から、姫乃を見張り役として差し向けたが、それは失敗だったと認めざるを得ない。

こんなことなら、自分で行くべきだったと後悔してももう遅かった。後の祭りとはこのことだろう。

自身の敬愛する女神たちのコスプレ姿を間近で見たら理性を保てる自信がなかったという理由があったにせよ、取り返しのつかない事態になってしまった事実を覆すことはもう出来ないのだから。

伊集院は歯噛《はが》みしながら、憎き仇敵《きゅうてき》の名前を吐き出していた。

「許すまじ、葛原和真ァ……！」

葛原和真。あの男は女神だけでなく、自分の親友にまで手を出そうとしている最低最悪の男。ファンクラブ№００１という名誉ある称号を得ながら、推しを利用し汚そうとする、クズの中のクズだ。

葛原和真に関してはもはや言語道断だが、001のことはかつては尊敬もしていただけに、その正体と本性を知った今では一層腹立たしいものがある。

「たとえ天が許しても、わたくしだけは決してあのクズ野郎を許しませんことよ……！」

そう誓うも、ならばどうすれば良いのだろうか。

「黒磯《くろいそ》に頼んであの男を排除……いえ、ダメですわ。葛原和真のことですもの。きっとセツナ様たちに泣きつくに違いありません。そうなれば、わたくしの心証は今以上に悪くなってしまうでしょう……」

それは良くない。今でさえ、自分の言葉は彼女たちに届いていないのだ。

転校以来、あの男がいかに最低なことをしているかを折を見ては説いているものの、まるで手応えがなかった。

それどころか、自分を見る目に呆《あき》れが混じりつつあることを、伊集院は実感していた。

（積み重ねてきた年月の差というものでしょうか。幼馴染ということには調べがついていますが……くっ、本当に、どこまでも厄介な男……！）

悔しさから思わず歯噛みしてしまう。

財閥令嬢として帝王学を嗜《たしな》む彼女は、信用というものがいかに大きく、また重要なものであるかを理解こそしていたものの、実際に信用を勝ち取っている者を相手取った経験はなかった。

自身がまだ高校生であり経験が不足していることは認めざるを得ないが、どうやってふたりからあの男を引き離すことが出来るのか。

その手段に皆目見当がつかないことは紛れもない事実であり、そのことが彼女を大いに悩ませている原因だ。

（あの調子だと、姫乃《ひめの》に助言を頼んでも、きっと無意味でしょうね）

いつもなら真っ先に相談する姫乃も、既に葛原《くずはら》和真によって籠絡されている。

あの男関連のことを相談しても、おそらく無意味だろう。最悪、裏で情報を渡しかねない。

そんなことはないと否定したくても、万が一のことを考えると踏み切れないのが真情だった。

「あぁもう！　一体どうしたらいいんですの！」

本当は、こんなはずではなかった。『ディメンション・スターズ！』との出会いこそが、自分の運命のはずだったのだ。

あまりに感情が昂《たか》ぶりすぎて、彼女たちの近くにいたくなり、転校だってしてした。

そのことに後悔の欠片《かけら》もないが、あの男がいたことが唯一にして最大の誤算だった。

これから先の未来が、自身にとって最良のものになるはずだと信じて疑わなかっただけに、このショックの大きさはとても言い表せるものではない。

ガラガラと思い描いていた未来が崩れていくのを感じながら、伊集院はひとつの結論を出す。

やはりあの男、葛原和真《かずま》だけは、絶対に排除しなければならない。

葛原和真こそ、自身と『ディメンション・スターズ！』の未来を潰しかねない癌細胞《がんさいぼう》だ。

あのクズは、決して女神たちのそばにいていい存在ではない。そう決意こそ新たにするも、ではどうすればよいのか。

「なにかいい解決策があれば……くっ、お金で解決できるなら、いっそ手っ取り早いものを……！」

そこまで言いかけて、伊集院はハッとする。

——一生俺のことを楽させて、そして養ってくれよ？　俺のことを働かせるような事態になったら、いくら幼馴染《おさななじみ》だからって承知しないからな？

こんなことを転校初日に、葛原和真はセツナに言っていたはずだ。

思い返してみてもドクズ極まりない発言だが、アリサにも同様のことを話していた記憶がある。

「養う……それはつまり、あの男は、お金を必要としているということですわよね？」

なら、あるのではないか。手っ取り早い解決法が。

「あの男に過不足ないお金を渡し、それを手切れ金とすれば……あるいは、セツナ様とアリサ様を救えるのでは……？」

可能性はある。金による解決は大人の世界では常套手段《じょうとうしゅだん》であり、実際伊集院家もそういう手を使い、表沙汰にすることなく事態を収めたことは過去に幾度となくある。

まだ若い彼女はそれを汚い手段と嫌悪したこともあり、使う機会は訪れることはないと考えていたのだが……もしそれで、女神たちからあの男を引き剝がせるのだとしたら、代償としては安いものだろう。

自身のプライドと、『ダメンズ』の未来。

その両方を天秤《てんびん》にかけるも、彼女は一切迷うことはなかった。

「背に腹は、替えられませんわね」

そうだ。金による解決。

並の高校生には、到底不可能な方法だ。思い付いても実行に移せるものではない。

高校生が動かせる額など、タカが知れているからだ。普通なら、即除外せざるを得ないだろう選択肢。

だが、自分なら、この伊集院麗華ならその方法を選べる。

いや、財閥令嬢として生まれ育ち、動かせる金が多くある、自分にしか出来ないに違いない。

ならばやるしかない。自分なら、彼女たちを救うことが出来るのだから。

「待っていなさい、葛原和真。『ディメンション・スターズ!』は、このわたくし、伊集《いじゅう》院麗華《いんれいか》が必ず守り抜きますわ……!」

たとえ信念を捻《ね》じ曲げ、この手が汚れることになろうとも、大切な宝物だけは守ると心に決めた。

決意をこめて立ち上がり、手を叩《たた》くと、すぐに部屋がノックされる。

「お嬢様、お呼びですか?」

「ええ、黒磯。用意してほしいものがあるの。現金で……そうね、一億。一億を用意して頂戴」

一億と言ったことに、特に考えがあったわけではなかった。

あの下衆《げす》な男ならば、目の前に大金を用意されたらあっさり食いつくだろうという、ただの目算だ。

「一億、ですか」

「理由は聞かないで。急を要するわ。明日の朝までに準備して。姫乃にも内緒で事を進めて頂戴。いいわね?」

「はっ、かしこまりました」

一礼すると、黒服の男は部屋から出ていった。ドアの閉じる音を耳にしながら、伊集院は椅子へと座り直す。

後は明日を待つのみだったが、改めて考えると高校生の身で一億は、破格の大金だ。

この額を目の前に突き出されたら、大抵の人間は目が眩《くら》む。二つ返事で一億を選ぶに違いないと、伊集院は踏んでいた。

まして、あの俗物の権化のような男なら尚更《なおさら》。あのドクズから『ディメンション・スターズ！』を守れるのなら、一億程度惜しくもない。

「ふぅー……」

一息ついて、机の上に置かれた写真に目を向ける。

あまりの尊さについ笑いかけると、彼女たちも応えてくれたかのように、自分に向かって微笑《ほほえ》んでくれている気がした。

「必ず、わたくしが救ってみせますからね……」

全ては運命の女神たちのために。

強い決意のもと、その日の夜は更けていった。

◇◇◇

大型連休初日を翌日に控えたその日。

俺はいつもと同じように家を出て、いつもの道を歩いて登校していた。

ただ普段と違う点もある。それは、朝から雲ひとつないこの青空のように、心が澄み切っていることだ。

その理由は言うまでもないだろう。ゴールデンウィークに突入するからだ。

ここ最近は色々あって、配信を見たりゲームをやれる時間も少なくなっていたこともあり、休み中はやりたいことに手を出し、好き勝手やるつもりだ。

夜通しゲームをプレイするのもアリだし、適当に美味《うま》いものを注文しまくるのもいいだろう。

ただ、ゲーム仲間のハルカゼさんが、なにやらゴールデンウィーク中はやることがあって忙しいらしく、一緒にクエストにいける時間があまり取れそうにないことが、唯一残念なことだった。

まぁ向こうには向こうの都合があるし、それについては仕方ない。とにもかくにも、今回の黄金週間はひたすら遊び倒すと決めている。

普段俺の素行について色々言ってくるアリサも、休み中に市内で行われるミニライブの準備やリハーサルでここ数日特に忙しいようで、今日も雪菜《せつな》と一緒に遅れての登校になるそうだ。

休みに入れば更にレッスンやらで忙しくなるだろうし、一日中そちらに専念することになるだろう。どれだけ遊びほうけても、文句を言ってくるやつがいないことが確定してるのは、大いにプラス材料と言える。

最近新しく養ってくれると言ってくれたメイドさんもできて、今後は臨時収入も増えるだろう。

とにもかくにも、今の俺は心身ともに絶好調なのであった。

「ふんふふふーん。明日はなにをしようかな～♪」

軽快な鼻歌を歌いながら廊下を歩いていると、あっという間に教室まで到着する。

気分がいいと、時間が早く感じるというが、まさにそれだろう。

そんな上機嫌な状態のまま、俺は教室のドアを開け放つ。

「今日も皆さんおっはようさーんっと」

軽快に挨拶した途端、こっちに視線が集まったことを肌で感じた。

視線を向けてくる相手の中には猫宮《ねこみや》もいたが、猫宮は一瞬こちらを強く睨《にら》むと、すぐに視線を外し、近くにいた他の女子との会話を再開していた。

気のいい彼女には珍しい塩対応だ。どうやらこの前の一件で、猫宮にはひどく嫌われてしまったらしい。

（うーん、参ったな。まぁしょうがないか）

中学からの同級生からの辛辣な反応につい苦笑していると、こちらを見てきた何人かが反応し、手を上げてくる。

「おお、和真。おはよう！」

「和真さんチーッス！」

「いやあ葛原さんは今日もイケメンッスね！　さっすが！　いつもながら最高にカッコイイッスよ！　よっ、この色男！」

そんな気持ちのいい挨拶を返してくれたのは、以前幼馴染たちのコスプレ写真を渡した連中である。

なかには佐山《さやま》や後藤《ごとう》くんも交じっており、露骨に媚《こ》びを売ってきたりするのだが、悪い気はしない。

「ははは、そう褒めるなよ、照れちゃうだろうが」

「いやいや、本心から言ってるだけなんで！　なっ、皆もそうだよな？」

佐山の言葉に頷《うなず》く男子たち。あれからおとなしくなった彼らとは、このように以前より良好な関係を築くことに成功していた。

どうも写真の内容に満足してもらえたことと、他クラスから殺到したダメンズファンからの、俺にも写真を譲ってくれという催促を突っぱねたことが大きかったらしい。

自分たちだけが手に入れることが出来たレアアイテムの存在が、俺への態度を明らかに軟化させていたのだ。

（全く現金なやつらだぜ。まぁそれでこそドルオタなんだがな）

いっそ華麗なまでの手のひら返しに思うところがないとは言わないが、ま、そこは狙い通りなのでヨシとしよう。

他人が欲しがるものを自分が持っていることに優越感を覚えるのが、人間心理というものである。まして限定という言葉にめちゃくちゃ弱いのが、オタクという生き物のサガだ。

そりゃあばら撒《ま》けば金にはなるが、俺が欲しいのはクラスでの安寧であり、それは金で買えるもんじゃない。

目先の小金目当てに信用を損ない、印象を悪化させるなど、愚か者のすることだ。

損して得取れ。金にはならずとも、自分たちだけが持っているプレミア品という事実が結束を高め、俺を受け入れる土壌を作ってくれたのだった。

「よっ、師匠。遅かったじゃねぇか」

そんなことを考えながら自分の席へ向かったのだが、そこには既に先客の姿があった。

席に座っていたソイツを見て、俺は思わず顔をしかめてしまう。

「なんでいるんですか。先輩のクラスは上でしょうに」

「そう固いこと言うなよ。俺とお前の仲じゃねぇか」

俺の席から立ち上がり、強引に肩を組んでくるのは、チャラ男先輩こと、聖《ひじり》だった。

初対面の時と変わらず馴《な》れ馴《な》れしい態度だったが、以前と違うのは俺への接し方である。

俺の前に再び姿を現した彼は、何故《なぜ》か俺のことを師匠と呼び、敬愛してくるようになったのだ。

曰《いわ》く、お前の言葉で目が覚めた。俺も女に貢がせて、人生楽に暮らしたい。そのために、近くで色々勉強させてくれ。アイドルを落とし、貢がせているお前の手腕をぜひ知りたい、だとか。

言われた当初は面食らい、突っぱねたものの、時折ふとこうして俺のところに現れては絡んでくるので、今は半ば諦めて対応している。

別に被害を食らったわけでもないし、貢がせる方法を知るまでは当分女遊びは控えるという言質も取ってある。

なにより、俺の知らないことを色々知ってそうなのは正直惹《ひ》かれるものがあるからな。

向こうが俺から女から貢がれるための知識を吸収しようという腹積もりなら、こっちも聖からチャラ男の極意を学んでも、なにも問題ないだろう。

俺たちの利害はある意味で一致していたのだ。

「なぁ、ゴールデンウィーク中、どっかの日に暇あるか？　あるなら遊びに行こうぜ。いいとこ知ってんだよ、ついでにナンパでもして金持ち女引っ掛けるのもありだな」

「別にいいですけど、金と責任はそっちが持ってくださいね。適当に引っ掛けた相手が、地雷だったりしたら困りますから」

「お前、やっぱ俺よりクズだよな……」

「誘ったほうが責任持つのが筋ってもんですよ。俺は当然のことを言っているまでです」

そんな風に適当に聖の相手をしていると、ひとり、またひとりと、教室に入ってくるクラスメイトが増えてくる。

快活な挨拶を交わす者もいれば、だるそうな顔をして大あくびしているやつもいる。

ただ、いずれも表情自体はどこか明るく、明日からの休みを楽しみにしていることは窺い知れた。

そのために、今日一日を乗り切ろう。口に出すことはなくても、共通の空気がクラスの中に生まれつつあった。

その気持ちは俺とて同じだ。休み前日に面倒臭いことなんて起こって欲しくないしな。

無難に過ごせるに越したことはない。刻一刻と迫るＨＲの時間が、今はとにかく待ち遠しかった。

それもあって、未《いま》だ上級生なのにクラスに戻らず、隣にいる聖にそろそろ戻ったほうがいいのではと声をかけようとした瞬間、ソイツは姿を現した。

「おはようございます」

挨拶とともに、教室に踏み入ってくるのはもはや見慣れた、目に痛いほどのド金髪。ゴールデンかつゴージャスなその女は、言うまでもなく伊集院《いじゆういん》だ。そういえば、今日はまだ姿を見ていなかったか。

ここまで存在感のあるやつでも、いないことに気付かなかったのだから、慣れってやつは恐ろしい。

まだ転校してきて二週間かそこらしか経《た》ってないが、なんだかんだコイツがクラスにいることに順応してきているんだからな。

だが、隣にいる聖は違うのだろう。俺の腕を肘でつつきながら、こっそりと耳打ちしてくる。

「おい。あの派手な如何《いか》にも金持ちっぽいオーラ出してる子が噂《うわさ》の転校生か？　伊集院とかいう」

「ええ、そうですよ。ちなみに、伊集院財閥の令嬢です」

「伊集院財閥だと!?　あの大金持ちのか!?　じゃあアイツ落としたら、一発で人生勝ち組じゃねぇか……！」

ゴクリと唾を飲み込む聖。多分、頭の中で伊集院を手籠めにした場合の未来絵図でも描いているんだろうな。だが、それは無謀というものだ。

「やめておいた方がいいですよ。伊集院を狙うには、リスクがちょっと高すぎます。バックに色々ついてそうですし、下手に手を出してコンクリ詰めにされて東京湾に、なんてなったら馬鹿らしいじゃないですか。もっと堅実に、ランクを落とすのが賢明ですよ」

「む……それもそうだな。いい女だし惜しいが、師匠がそう言うならパスするわ」

耳打ちすると、聖はあっさり引き下がる。

そのことに少し安心しながら、俺は言葉を続けた。

「それがいいかと。あ、ちなみに伊集院の後ろにいる子にも手を出さないでくださいね」

「ん？　どうしてだよ。あ、お前まさか……」

「はい。あのメイドさん、俺のなんで。色々あって貢いでくれることになったから、ちょっかい出されると困るンすよね」

「マジかよ!?　やっぱ師匠すげぇな……！」

チャラ男に似つかわしくない、少年のようなキラキラした憧れの眼差《まなざ》しを向けられる。

最近クズ呼ばわりされてばかりだったせいか、こういう純粋な目で見られるのは悪くなかった。

気分が高揚し、シニカルな笑みで応えようとしたのだが、

「ふっ、それほどでも……」

「なにを話しておりますの？」

突然割って入る声。

いつの間にか俺の席の前へと来ていた伊集院が話しかけてきたのだ。

「いや、別に大したことじゃない。男同士で、ちょっと情報共有してただけだ」

「そうですの。なら、丁度いいですわ。わたくし、和真《かずま》様に話がありますの。お時間を頂けませんでしょうか」

優雅な仕草で頭を下げてくる伊集院。

俺を毛嫌いしているはずのコイツが、用があるとは珍しいな……。

「話？　すぐ終わるなら構わないが、もうすぐＨＲが始まるぞ」

言いながら時計の針を見ると、始業時刻である八時三十分に差し掛かろうとしている。あと二、三分ほどで、校内に始業のチャイムが鳴り響くことだろう。長話になるなら、ちとタイミングが悪い。

「ユキちゃんも来るし、話はＳＨＲが終わった後の休み時間でも遅くないいんじゃないか？」

そう提案するも、伊集院はすぐさま首を横に振り、

「いいえ。今すぐに話したいことなのです。教諭が来たら、わたくしから説明致しますわ」

「ふむ……」

意固地だな。どうやら伊集院は席に戻らず、俺との会話を続けるつもりのようだ。

どういうつもりだろうか。気になった俺は、いつも通り伊集院の背後に陣取る一之瀬《いちのせ》に

視線を向ける。

　俺の意図を察したらしくすぐに目が合うも、一之瀬は無表情な顔に困惑の色を混ぜながら、僅かな動作で首を振った。

（一之瀬にも分からないってことか）

　どうやらお付きのメイドである彼女にも知らされていないらしい。

　気になることが増えたが、その疑問を解消するには直接本人に聞くのが一番手っ取り早いだろう。

　こちらの顔色を窺う伊集院に、俺は頷きで返す。

「わかった。そういうことなら話してくれ」

「ありがとうございます。では、来なさい、黒磯《くろいそ》！」

　返事を聞くと同時に、手を叩《たた》く伊集院。

　すると、すぐさま教室のドアがガラリと開けられる。現れたのは黒服の大男。以前見た、伊集院のボディガードだ。

　あの時呼び出された黒服は、後藤くんの机を持って教室から出て行ったが、今は右手に黒いアタッシュケースを下げている。

　機敏な動きで机の間を縫うようにやってきたその男は、やがて伊集院の前で立ち止まった。

「お嬢様。お持ち致しました」

「ご苦労。では、この机の上に置いて頂戴。後は下がってもらって構わないわ」

「承知しました」

黒服は仰々しく伊集院に頭を下げると、アタッシュケースを俺の机の上に置いて立ち去っていく。

一分かかったかそうでないかくらいの、以前と変わらぬ鮮やかな手並みに、クラス一同ポカンとしている中、伊集院がひとり動いた。

無言でアタッシュケースのダイヤルを操作した後、留め具に指をかけると、パチン、パチンと、音を立てて外していく。

「和真様。これを見てもらえますか」

「伊集院……？」

疑問に思う俺の言葉に被《かぶ》せるように、アタッシュケースの鍵を全て外した状態で、ケースの上部に手をかけた伊集院が、まるで見せつけるかのように、ゆっくりと上に引いていく。

「っ……！」

すると、すぐに中身が見えてきたのだが、
瞬間、俺は息を呑《の》む。

目の前で開かれたアタッシュケース。

そこには、一万円札の札束がギッシリと敷き詰められていたのだから。

◇◇◇

これは一体、いくらあるんだ。頭に浮かんだ当然の疑問。

それは次の瞬間、すぐに氷解することになる。

「一億。このケースには、一億円が入っておりますわ」

頭の上から降ってきた伊集院の言葉に、俺は絶句せざるを得なかった。

「いち、おく……？」

声に出してみても実感がない。それどころか、目の前にあるはずのアタッシュケースが、やけに遠くに感じる。

「はい。この全てを、和真様……貴方《あなた》に差し上げます」

「いちおく……一、億……」

改めて口にすると、重みが違う。その額がどれほどのものか、分かっていなかったことを理解する。

思考も少しずつ巡り始め、その額がどれほど途方もないものであるのか、脳内でそろばんを弾《はじ》く自分がいた。

「一億円⁉　マ、マジで⁉」

「嘘《うそ》だろ、おい……」

伊集院の発した言葉の意味を、遅れて理解したのか。教室がざわつき始める。

クラス全体に動揺が走り、俺の机に人が集まってくる気配を感じた。

「オ、オイ！　師匠！　すげぇぞこれ！　一億だってよ！　そんだけありゃ、当分遊んで暮らせるじゃねぇか！　やったな、オイ！」

聖《ひじり》が俺の肩に手を置き、興奮を顕《あらわ》に揺さぶってくるも、それすらどこか他人事《ひとごと》のようだった。

地に足がつかないといえばいいのだろうか。奇妙な浮遊感。現実にいるはずなのに、どこか別のところにいるような感覚だ。

「なんでいきなり一億なんて大金を、俺に……」

「これは手切れ金です」

ふわふわした気分のまま、疑問を口にすると、すぐに答えが返ってくる。

「手切れ、金……？」

「和真様、どうか『ダメンズ』から……セツナ様とアリサ様のおふたりから、離れてください。そうすれば、このお金は全て貴方のもの。どのようにお使い下さっても構いませんし、必要ならさらに追加しても構いません」

「…………」

手切れ金……。この一億が、ふたりとの手切れ金……？

「ただ、これだけは約束してください。セツナ様とアリサ様。あのおふたりを必ず解放すると。もう今後は必要以上におふたりに関わらず、別々の人生を歩むことを、この場で誓ってください」

それが、この一億をお渡しする条件ですわ。そう締めくくった伊集院。

浮ついていた俺とは正反対の、落ち着いた声だった。

「お嬢様、それは……！」

「姫乃《ひめの》は黙って。さぁ和真様。答えを！！！」

一之瀬をせき止め、答えを催促してくる伊集院。

どこか自信が見え隠れする声は、まるで俺が頷《うなず》くことを確信しているかのようだ。

「俺、は」

確かに聖の言う通り、一億は大金中の大金だ。

普通の人間なら目も眩《くら》むだろう。これだけあれば出来ないことはほぼないし、当分は遊んで暮らせることは間違いない。

だが、俺にとってこの金額は――――あまりにも。

「…………」

一億と伊集院《いじゅういん》。その繋《つな》がり、考えについて思考が動く。

何故《なぜ》いきなりこんな大金を俺に渡そうとしてきたのか。

その思惑は？　俺から幼馴染《おさななじみ》たちを引き離してなにがしたい？　目先の利益に釣られるのではなく、その後の未来を予想し、なにが正しいかを弾き出す必要がある。

僅かな思案。答えはすぐに出た。結果、熱が奪われたかのように、頭が急速に冷えてくる。

感情の赴くまま、ゆっくりと口を開く。

「…………か」

「！　はい！　よろしいのですね！　ではすぐに……」

喜色を浮かべる伊集院。

だが違う。そうじゃない。

何勘違いしてやがんだ。

「…………これだけか？」

「へ？」

「たった、これっぽっちかと言っているんだ」

そう言い切った途端、伊集院は目を見開いた。

「な……！　い、一億を、これっぽっちとは……！」

「違う」

俺は即座に否定する。

コイツの言ってることは、とんだ見当外れだからだ。

どうやらトコトン舐《な》められているらしい。それでも冷静に、俺は告げる。

「お前にとって『ダメンズ』の、あのふたりの価値は、たったこれっぽっちなのかと聞いているんだ。伊集院」

伊集院の思い違いを、正してやろうと密《ひそ》かに決めて。

◇◇◇

「価値ですって……いきなり、なにを……？」

「これは手切れ金と言ったな伊集院。雪菜《せつな》やアリサと縁を切る代わりに、この一億を俺に渡す。さっきお前は確かに、俺にそう言ったよな」

「え、ええ。確かに言いましたが、それが……？」

困惑している様子の伊集院を無視して、俺は教室を一度ぐるりと見渡した。

「皆も聞いたな？　伊集院の言ったことを、皆も確かに聞いたよな？」

俺の問いかけに、クラスメイトたちは曖昧ながらも頷きを返してくる。

どうやら伊集院だけでなく、他の連中もピンときていないらしい。

そのことを少し残念に思っていると、一日の始まりを告げるチャイムの音が教室に響く。

同時に、ドアがガラリと開き、満面の笑みを浮かべたユキちゃんが姿を見せた。

「皆おはよー！　今日でいよいよ最終日ね！　明日からゴールデンウィークだし、先生ようやくこの胃が痛くなるクラスから解放されてしばらくゆっくり……？」

明るい担任教師の声色が、一気に困惑に変わっていくのを耳にしても、誰も席に座ろうとしない。

「え、なにこの空気。どうして皆座ってないの？　え？　え？」

戸惑うユキちゃんをガン無視し、それどころではないとばかりに、クラスメイトたちはじっと俺たちの動向を見守っている。

上級生の聖はさすがに戻ったほうがいいんじゃないかと思うが、それに突っ込むのは今更野暮というものだろう。

既に賽《さい》は投げられたのだ。彼らの期待に応えるわけじゃないが、話を進めるべく口を開いた。

「さて、話を戻すか。まずは、ここにある一億円についてだ。さすがに俺も現金でこんな札束を見たことはなかったから最初は圧倒されちまったが……ハッキリ言って、額としてあまりにも少なすぎる。話にならないレベルと言っていいな」

「…………一億という金額に不満があると？」

「大アリだ。なぁユキちゃん、ユキちゃんは、成人男性の生涯年収がいくらか知ってる？」

俺はここで場の流れについていけず、未《いま》だ困惑しているユキちゃんに話を振った。

「えっ、なに。いきなり私に振るの？　ていうか、もしかしてまたなにか面倒なことが起こってるの？　連休前の最終日くらい勘弁してよぉ」

「いいから知ってるなら答えてくれユキちゃん。こっちは急いでいるんだ」

泣き言を漏らすユキちゃんをせき立てる。

あまり頼りにならない人だが、この中で唯一の大人だ。

皆だって先生の口から聞いたほうが、納得できるだろうからな。

教師ならつべこべ言わず、生徒の質問にしっかり答えて貰《もら》いたい。

「うぅ、葛原《くずはら》くんってドSよね……そういう人、先生嫌いじゃないけど……」

「いいから。ユキちゃんはよ」

「分かったわよぅ。えっと、そうね。生涯年収かぁ。仮に大学を卒業して就職した場合だと、平均で三億円くらいだったかな。私みたいに私立の先生していても、大体似たような年収になる推移だしね」

「ふむふむ、なるほど。俺も調べたことがあるけど、やっぱそれくらいなんだな」

「でもね、明らかに苦労と年収が釣り合っていないと思うのよ。特に私なんて、新卒でいきなりこんな大変なクラスの担任押し付けられちゃって、本当に大変なのっ！　皆にもそれを分かって欲しいのよぅっ！　お願いだから、私の話をちゃんと聞いて！　もっと先生に優しくしてぇっ！」

「よし、それじゃ話を戻すぞ。聞いた通り、一般的な生涯年収は三億だ。普通に生活するなら問題ない額だろうが、俺の目標である遊んで暮らすことを考えたら、最低でも、この倍以上は必要になるだろうな」

「ちょっ、言ったそばからそれはひどくない!?　先生のこと無視しないでぇっ！」

生憎《あいにく》だがそれは無理な相談だ。

大人の情けない愚痴に付き合ってやれるほど、俺たち学生は暇じゃない。

「さて、ここで問題になるのが、伊集院が用意した金額だ。一億円は一度に入る額としては大金も大金だが、生涯年収としてみれば三分の一ってとこだ。これじゃ遊んで暮らすどころか、働かざるを得ないじゃないか。さっきも言ったが、この程度じゃ話にならない、随分足元見てくれるな」

一度話を区切り、睨《にら》みを利かせると、伊集院はバツが悪そうに目をそらす。

「それは……申し訳ありません。確かに、そう言われても仕方ないかと……」

「不満はまだある。伊集院、お前はこの一億を、雪菜とアリサとの手切れ金と言ったな」

「は、はい。そう、ですが……」

「それはつまり、この額がふたり合わせての値段ってことだ。単純に半分に割ったら、ひとり当たり五千万円。それだけの価値しか、お前は雪菜とアリサに見出《みいだ》していないということになる」

「なっ……!?」

吐き捨てるように言い切った俺の言葉に、愕然《がくぜん》とする伊集院。

一瞬固まったものの、すぐに憤りもあらわに食い付いてくる。

「な、なにを言っているんですの!?　そんなはずありません！！！　『ディメンション・スターズ！』こそが我が運命！　そう信じて、現にわたくしはこうしてここに……」

「なら、どうして俺に一億を渡して済まそうとした？　その基準は？　なんの根拠をもってこの額に決めたのか。まずはそれを説明したらどうだ伊集院」

聞きたいのは言い訳じゃない。金持ち金髪お嬢様のことを、敢《あ》えて冷たく突き放す。

俺の冷徹な態度に伊集院は肩を震わせたが、怯《おび》えを見せようが今この場では関係ない。

誠意とは言葉じゃなく金額なのだ。

「それは……この金額なら、納得してもらえると思いまして……学生の身であれば、十分な金額ですから……」

「つまり、根拠はないと？　特に理由もなく、お前は一億が適正な金額だと判断した。そう受け取って構わないんだな？」

　俺が問いかけると、伊集院はぎこちなく頷く。

　ただでさえ白かったお嬢様の顔から血の気が引いて、もはや青白くなっていたが、ここで追及をやめるほど、俺はお人好《ひとよ》しじゃあない。

「ならやっぱり、俺が言ったことに間違いないじゃないか。お前は雪菜とアリサを俺から引き離すのに、一億で十分足りるのだと、無意識だろうがそう判断したんだ。それは言い換えれば、俺にとってあのふたりが、一億以下の存在であると判断したことにほかならない」

　手を緩めることなく、さらに伊集院を糾弾していく。

「一億。いいや五千万で、あのふたりをそれぞれ買い叩《たた》けるとお前は踏んだわけか。今波に乗り始めたあいつらなら、数年も経《た》たずにペイできるだろうな。女神どうこう言ってるが、財閥令嬢らしい先を見据えた買い物じゃないか。ファン以前に、随分リアリストなこった」

「っ！　買い物だなんてそんなっ！　あの方たちを物扱いしないでください、わたくしはただ……！」

「なんで否定する？　事実だろ。お前、確か『ダメンズ』を世界一のアイドルユニットにしたいとか言ってたよな？　そのメンバー、それもダブルセンターやってるやつらの価値が、たった五千万か。どんな使い潰し方するつもりだ？　この程度の価値しかないと内心で思ってたなら、わざわざ転校してくる意味なんてなかったんじゃないか？」

「だ、だから違いますっ！　違うんですわ！　『ダメンズ』は、わたくしの運命の女神なのです！　あの方たちを心からお慕いする気持ちが我慢できなかったからこそ、こうしてここにいるのですわ！　ただわたくしは、あの方たちを貴方《あなた》から解放したくてっ！　価値なんて測れませんわ！　『ダメンズ』こそが、わたくしの全てなのです！！！」

違うと連呼し、慌てて否定してくる伊集院だったが、彼女の揺れる金の髪を見ながら、俺は鼻を鳴らした。

「へぇ。じゃあこれも聞くが。この一億、いったいいつ用意したんだ？　一之瀬《いちのせ》は知ってたのか？」

「い、いえ、わたしはなにも……」

俺の質問に、一之瀬は困惑しながら首を振って否定する。

「だよな。知ってたら、事前に教えてくれたはずだ。てことは、短期間で用意したんじゃないか？　伊集院、そこはどうなんだ？」

俺が顔を向けると、伊集院は青い顔をしていた。

既に理解しているのだろう。震える声で、区切るように言ってくる。

「昨日の夜、黒磯《くろいそ》に命令して、準備させましたわ……」

「昨日の夜か。となると、一晩で用意したのか。一億を。さすが財閥令嬢だな。恐れ入るぜ」

呆《あき》れたように鼻を鳴らすと、びくりと肩を震わせる伊集院《いじゅういん》。

それを見て、今の彼女が罪悪感に包まれつつあることを確信する。

「信じるかどうかは勝手だが、俺は『ダメンズ』の応援に関しては、全部自腹でやってきた。『ダメンズ』が人気になってきたのはここ最近で、小遣いを貰えるほど稼げていたわけじゃなかったからな。それまで貯《た》めてた小遣いも全部使って、俺なりに幼馴染《おさななじみ》たちのことを全力で応援してきたつもりだ……あいつらがステージで輝く姿を見るのが、好きだったしな」

「…………」

伊集院はなにも言わない。ただ沈痛な表情を浮かべている。

ここで俺は伊集院から視線を外し、佐山《さやま》へと問いかけた。

「なぁ佐山、この前のライブ、アリーナ取ったって言ってたけど、そのために確かお前バイトしてたよな？」

「あ、あぁ。確かにそうだけど……」

「あと後藤《ごとう》くんもそうだよな。『ダメンズ』のグッズ、たくさん買ってたんじゃなかったか？」

「うん。お小遣いじゃ足りないから、色々やりくりしてるけど、それが……？」

「いや、いいんだ。ただな……」

俺は一度息をつく。そして再度、伊集院に目を向ける。

「皆がこうして何ヶ月も『ダメンズ』を応援するためにバイトなり色々頑張ってるのに……伊集院はたった一晩で、あっさりと用意できる額で、『ダメンズ』を買い取ろうとしたんだなって思って、さ」

俺の言葉に、一際大きく目を見開く伊集院。

「別にかけた金額や時間が全てだって言うつもりはないが……それでも一晩か。伊集院の全てって、随分安っぽいんだな」

「ぁ……ぁ……」

「一応聞くが、お前は一晩で用意した一億を渡されて、ファンをやめるのか？　お前の情熱はそれっぽっちの価値しかないと言われているのも同然なのに、納得できると思っているのか？　だとしたら、俺はお前に失望したぜ伊集院。そんなやつにファンを名乗る資格なんてない」

一桁ナンバーの誇りとやらも、悪いけど怪しいもんだ。そう告げると伊集院の瞳が大きく揺れた。

心の支えを失い、崩れていくのが手に取るように分かった。

だからこそ、ここが勝負どころだと確信する。

「なぁ、伊集院――お前、ほんとに『ダメンズ』が好きなのか？」

◇◇◇

「わたくし、わたくしは……」

伊集院は答えない。

いや、答えられないと言ったほうが正しいか。

自身のアイデンティティーといえるものを、過去の自分の行動によって否定されようとしているんだからな。

それは誰のせいにも出来ないものだ。言い訳をさせるつもりはない。

したところで、俺がその矛盾を突きつける。

どう足掻《あが》こうとも、最終的に伊集院には受け入れる以外の道は存在しない。

「わたくし、は。わたくしは……」

だから認めろ、伊集院。

自分のやろうとしたことの浅はかさを。いかに短絡的な行動を取ろうとしたのかを。

それを理解すれば、お前は先に進むことが出来るのだから。

「──悪かったな、伊集院」

そのために、俺は少しだけ手助けをしてやることにした。

「え………」

「ちょっと言い過ぎたわ。なんかみんなの前で、責めるみたいになっちまったよな。そんなつもりはなかったんだ」

そう言って頭を下げる。

「答えづらいことを聞いちまったよな。お前はわざわざアイツ等のために転校までしてきたんだから。『ダメンズ』への情熱は本物なのに、疑うようなこと言って本当に悪かったよ。素直に謝るわ、ごめんな伊集院」

「い、いえ、そんなことは」

「だからさ──」

少しだけホッとする様子を見せた伊集院に、俺は穏やかに微笑《ほほえ》むと、

「この一億、俺は受け取るよ。伊集院」

諦めたように、そう言った。

「――――え？」

「こう言っちゃなんだけど……伊集院財閥みたいなデカイ組織相手に歯向かうとか、俺怖いんだ。俺なんてただの小市民だし、伊集院のところに逆らう力や手段なんてないからな……」

目を伏せて、自嘲するようにそう呟《つぶや》く。

伊集院はなにを言われたかわかってないようだが、それでいい。

ここから、否《いや》がおうでも理解することになる。いや、させる。

「この一億は、伊集院なりの慈悲だったんだろ？　手切れ金を渡すから、大人しく引き下がれって、そういうことなんだろ？　そうじゃなければ……いや、言う必要なんてない、か。分かってるよ、俺はお前に従う。そうすれば、なにもしてこない。そういうことで、いいんだよな？」

「え、い、いいえ。そんな、わたくしは、そんな……！」

「いいって。わかってるから。俺はお前に逆らうつもりなんてないからさ。だから、この金を貰《もら》って、大人しく引き下がるよ。本当は、凄《すご》く悔しいけど、さ」

俺が言外になにを含ませているのかを理解した伊集院は、否定してくるが、もう遅い。

周囲の視線には、俺に対する同情が含まれ始めている。

「だけど、これだけは約束してくれ」

そのことを感じながら、俺は続ける。

「アイツ等のこと、大切にしてやってくれないか。俺は確かに金こそ受け取っていたけど——それでもあのふたりは、俺にとって、本当に大切な存在だったんだよ」

「————!」

「それとさ。ふたりから離れることを俺は受け入れるけど……さすがに、説明自体は必要だろ？　だから悪いけど、その理由は言わせてもらう」

大きく目を見開く伊集院に、俺は意識して諦めた笑顔を向けた。

「伊集院に言われて、お前たちと離れないといけなくなったってさ。一億を渡されて離れるように言われたことも。あぁ、ふたりがそれぞれ五千万円の価値を伊集院に付けられたことも、言わないとダメだよ、な……」

「え、あ……！」

「仕方ないだろ？　だってそうしないと、ふたりだって納得してくれないだろうからさ。説明はどうしたって必要だ。その後ふたりが、伊集院のことをどう思うかは、俺の与《あずか》り知らぬところだけどな。ただ……」

言葉を区切る。

「俺ならそんな値段で無理矢理幼《おさな》馴染《なじみ》から引き剝がされて、今後ソイツに従わないといけないって分かったなら……絶対ソイツのこと、許さないだろうけどな」

内心口元がニヤけそうになるのを抑えながら、俺は告げた。

「ぁ………！」

「ああ、あと言い忘れてたけど、アイツ等はアイドルになったから俺を養ってくれているんじゃない。俺を養ってくれるためにアイドルになったんだ。この意味が分かるか？」

「意味、ですって……？」

「俺から引き剝がされたら、ふたりにはアイドル続ける理由がなくなるかもしれないってこと。モチベーションが落ちる程度で済むかもしれないが、最悪引退も有り得るかもな」

伊集院の知らない情報を織り交ぜて、さり気なく最悪の未来の可能性をほのめかす。

「そ、そんな……」

「え、伊集院さんが原因で、ふたりともアイドルやめちゃうってこと……？」

「お、おい！　なにしてくれてんだよ伊集院！」

絶句する伊集院だったが、それとは対照的に、引退の二文字を耳にしたクラスメイトたちにより、教室が一気にざわめき出す。

「ま、そうならないようにお前がファンクラブナンバー一桁の意地を見せて、なんとかふたりを説得してくれ。ファンのために歌ってもらうように……って、そういや、そのファンから歌う理由なくされるのか。でもどうしようもないよな。伊集院がそうするって決めたんだから、さ。俺はその選択に逆らえないんだから」

他人事《ひとごと》のように話をするも、この場においてもはや俺を責めるようなやつはいない。

『ダメンズ』のファンが特にこのクラスには多かったからな。全ての敵意は、伊集院へと向けられている。

「コイツ等の説得も、お前のやるべきことだ。頑張れよ、伊集院《いじゅういん》。この金を受け取ったら、俺にはもう関係ないことだからな」

そう言って、俺はアタッシュケースへと手を伸ばす。

——さぁ、どうする伊集院？　ここが最後のチャンスだぜ？

契約書等の記録に残る形ではないが、代わりにこの場にいるクラスメイト全員が、俺たちの間にあったやり取りを、事実として証明してくれるに違いない。

まぁクラスメイトたちからすれば、俺に『ダメンズ』と縁を切らせるための手切れ金というより、伊集院が俺から『ダメンズ』を買収するために一億を無理矢理押し付けたという印象のほうが強く残っただろうが、そこは仕方ないことだ。

「伊集院さん、雪菜《せつな》ちゃんたちをどうするつもりなの!?」

「俺たちの『ダメンズ』をぶっ壊すつもりかよ!?」

「そうなったら、絶対許さねぇからな！」

だからこうしてクラスメイトたちに詰め寄られ、責められるのも仕方ないことなのだ。

クラスによる衆人環視の中での取引に加え、契約書も用意していなかったんだからな。

俺のことを舐《な》めきっていたんだろうが、伊集院の自業自得ってやつだろう。

俺がしたことは多少印象を操作して、伊集院へのヘイトを高めたくらいだ。

それだってそもそも、伊集院本人の動きが甘かったことに原因がある。

（要はもう、お前は詰んでるんだよ、伊集院）

だからこうして、逆に追い詰められることになったんだ。極論、世の中は騙《だま》されるやつが悪いように出来ているのである。

気付かないほうが悪いし、気付いたとしても今更どうしようもない流れが、この場には既に出来上がっていた。

「後は最後の仕上げのみってな」

この一億を受け取った瞬間が、伊集院にとってトドメとなる。

俺は手切れ金を無理矢理受け取らされた被害者に。伊集院は『ダメンズ』を金で買い取り、幼馴染から引き剝がして解散させる原因を作った元凶という、加害者としての立ち位置が確立される。

そうなれば後は真っ逆さまだ。言い訳する余地もなく、伊集院は非難の的となる。

大好きな『ディメンション・スターズ！』を、自らの手で壊した財閥令嬢。

その事実に、伊集院は耐えられないだろう。『ダメンズ』の近くにいるために、わざわざ転校までしてきたやつだ。

無理に決まってる。そんなことが、やつに出来るはずがない。

(チェックメイトだ、伊集院)

ゆっくり。ゆっくりと、見せつけるように手を伸ばす。

契約が交わされたら、伊集院は終わる。

ならどうする？　伊集院に選択肢はもはやない。

そう、伊集院に出来ることは、たったひとつしかないのだ。

この場をひっくり返すには、そもそもの契約を、なかったことにするしかない。

だから、動け伊集院。

間に合わなくなるぞ？　お前はそれでいいのか？　いいはずがないだろ？

だってお前にとって、『ディメンション・スターズ！』は、運命の女神たちなんだから。

あと数センチで、俺の指はアタッシュケースへと届く。

考える時間も、悩む時間も与えない。

三センチ。二センチ。一センチ。

あぁ、もう届く。時間が無限に引き延ばされたような感覚。

俺にとっても、きっと今この瞬間が、人生の分岐点となるだろう。

そしてそれは、伊集院にとっても同じ。

俺と伊集院のターニングポイントが、重なり合い――その時は来た。


「――ふんぬっ！！！！！」


裂帛《れっぱく》の掛け声を聞いた瞬間、アタッシュケースへと伸ばしていた右手が空振った。

遅れて耳にブンッと、なにかを放り投げたような音が届く。

机の前で腕を真上へと掲げた伊集院の姿があり、その上では黒いアタッシュケースと、札束が空を舞っている。

中には百万円を束ねていた帯が外れたものもあった。

ぶわっと一万円札が飛び散るという、ある種幻想的な瞬間を、俺の目はまるでスローモーションで動く映像を眺めるかのように捉えていた。

そして思う。


――俺の勝ちだ、伊集院、と。

ドサササッ！

感覚が現実に追いつくと同時に、重いものが落ちる音が聞こえた。

「あんぎゃー！！！」

「いったーい！！！」

ついでに札束がクッションになったとはいえ、落下したアタッシュケースを真上から被《かぶ》った後藤《ごとう》くんと、吸い込まれたかのように大量の札束の直撃を受けたユキちゃんの姿が視界の端に見えたが、まぁ無事そうなのでヨシとしよう。

俺にとって重要なのは、目の前のお嬢様の動向だ。

こっそり回収したいくつかの百万円の束を机の中に押し込めつつ、アタッシュケースをブン投げて息を荒らげる伊集院に問いかける。

「ハァッ、ハァッ……」

「なんのつもりだ、伊集院。俺は一億を受け取るつもりだったのに、どういうことだよ」

「あ、あれは、無効、無効ですわ。わたくしが、間違って、いました……」

「間違い？　なにがだ。別にお前の行動に間違いがあったとは、俺は思わないけどな」

とぼけたように言う。そんな俺に、己の過ちを後悔している伊集院は気付かない。

「間違い、だらけでしたわ……無理矢理貴方《あなた》から、おふたりを引き剝がそうとしたこと。

『ディメンション・スターズ！』に値段を付けてしまったこと……その全てが、わたくしにとっての過ちでした」

「へぇ……じゃあどうするんだ？　過去は覆せないぜ。お前がアイツ等を買収しようとしていたことは事実なんだからな」

「分かっています。分かっていますわ……！　過ちは、覆せないというのなら……！」

伊集院の強い意志を乗せた瞳が、俺を捉える。

「貴方からどうか、おふたりにここで起こったことを説明していただけませんでしょうか……！」

「説明だと？　なんでわざわざ、そんなことをするんだ？」

「罪を認めなければ、わたくしは先に進めません……そう、『ダメンズ』のために生きるという、覚悟の道を……！」

「覚悟？　お前からすれば一億の価値しかないふたりに対して、覚悟もなにもないだろ」

「いいえ。あのお二方に、値段など付けられるはずがありません！　わたくしはもう間違えない……お金も時間も、それこそ人生そのものを、『ディメンション・スターズ！』に捧《ささ》げますわ!!　それこそがわたくしの覚悟です！！！」

それを聞いて、緩みかける口元を必死で押さえる。

もう伊集院がなにを言うのか、俺には手に取るように分かったからだ。

「ふぅん……だが、口では何とでも言えるぜ？」

「ええ。ですから、その証明をさせてください。『ディメンション・スターズ！』のために生きるという証明を」

「証明だと？」

聞き返すと、伊集院は一度静かに目を閉じて、

「……養います」

「ん？　なんだって？」

「わたくしがあの方たちに代わり、一生貴方を養いますわ！！！」

そう力強く宣言した。

その言葉を耳にして、俺はようやく笑う。

「伊集院……」

ああ、そうだ。

それでいいんだ、伊集院。

「それがお前の覚悟か。なら……」

俺はその言葉が、聞きたかった。

「受け取ろう、伊集院。俺を養ってくれるというのなら――俺は、頷《うなず》かないわけにはいか

ないからな」

◇◇◇

働きたくないと言うのは簡単だ。

実際に働かないことも、周りの目とか世間体とか、他人がどう思うかを気にしなければ、結局は本人の意思次第。

若い時の苦労は買ってでもしろとか、働くのが当たり前だとか、今の時代にそぐわない頭のおかしいことを言うやつも多いが、一生働かずに生きていける金さえあれば、働くやつはそうはいないだろう。

見栄《みえ》を張ったところで、結局人は誘惑に抗《あらが》うことはできないのだ。

苦痛に耐えるより、楽なほうに逃げたいと思うのは、人として正常な思考なんだからな。

だが、働きたくないと思っていても、大多数の人間は社会に出て働き始める。

それは何故《なぜ》か。答えは簡単、突き詰めた話、金がないからだ。

仮に自分ひとりなら問題なく生きていけるだけの蓄えがあったとしても、結婚して子供が出来て、家族が増えれば、その分働き続けざるを得なくなる。

親になったことで生まれる責任感を、社会は働かせるための潤滑油として利用してくる。

家族という人質を取られ、働かなくてはいけなくなり、一生を会社の歯車として労働力として使い潰されるというわけだ。

そして子供は、そんな親の背中を見て育つことで、働くことは当たり前だと刷り込まれる。

その結果どうなるかは、言うまでもないだろう。辿《たど》る道は差異あれど、結局親と同じ結末を迎え、人生の幕を閉じるのである。

まさに搾取に次ぐ搾取。負の無限ループだ。

俺たちの住む世界のシステムとして既に組み込まれており、逃げ出すことは出来ない。

たとえ納得出来なくても、人は慣れる生き物だ。同時に流されやすい生き物でもある。

抗うよりも、周りに合わせたほうが楽だからだ。搾取してくる側の人間に従い続けながら、愚痴をこぼしているだけで、社会のシステムから外れることを良しとしない。

だからいつまでも上の人間が肥え続け、下の人間は働き続けるしかない。

目には見えない明確な線引きがなされた理不尽な世界のまま、いつまでも回り続けている。

さて、ここで話を戻そう。

要するに俺が言いたいのは、働きたくないというなら、それ相応の努力と覚悟が必要だということである。

たとえ幼馴染《おさななじみ》ふたりをアイドルとし、小遣いを貰《もら》えて養ってもらえる環境が整っていたとしても、そこで満足するつもりはなかった。

なぜなら俺は、絶対働きたくないからだ。

絶対、絶対、絶対に働きたくない。

働きたくないと言いながら、働かなくていい環境を構築しようともせず、いざ働くことになってから、『働きたくない』と今更愚痴るような連中とは、覚悟そのものが違う。

確かにアイドルは学生のうちから大金を稼げる可能性がある、希少な職業のひとつではあるが、同時に人気商売だ。

人気は水物と言われているように、上り調子の今は良くても、来年、再来年と、先を見据えれば落とし穴はいくつもある。

『ダメンズ』自体の人気が突如急落し、稼げなくなるかもしれない。

もしくは怪我《けが》をして、ライブが出来なくなるかもしれない。

あるいは病気。あるいは事務所のスキャンダル。エトセトラエトセトラ。

例を挙げればキリがない。そうなったら、俺は養ってもらえないだろう。

これまで養ってもらったんだからお前が働けとか、寄り添って支えてやれとか、見当外れの綺麗事《きれいごと》を言うやつもいるだろうが、そんなんアホかだ。

そうならないために、俺は普段からちゃんとふたりに気を配ってる。

ライブ等も逐一チェックしている。だが、それでも不幸は突然襲ってくるものだ。

今は良くても、未来に絶対はない。もしもの可能性から目をそらすのは簡単だが、それはただの逃避に過ぎない。現実はいつだって無慈悲だ。だからこそ、備える必要がある。

そう、自分のため、そしてあいつらのためにも、絶対の確率自体を引き上げる方法を模索するのは、当たり前のことだろ？

働きたくないことと、楽をしたいことは別問題だ。

試行錯誤を忘れ、ただ楽な方向に逃げて、そこで思考停止するようなやつに、働きたくないなどと言う資格はない。

少なくとも、そんなやつ俺は認めない。ただ他人に寄生し、盲目的に幸福な未来だけしか考えないようなクズとは、俺は違う。

以前の俺はギャンブルでの一発逆転を否定したが、他人に人生を預けることも、ある意味一種のギャンブルだ。

だからこそ、養ってくれる人数と金は、多ければ多いほどいい。それだけ穴を潰せるし、絶対をより確実なものに出来るからな。

今回の件だって、その一環だ。

人気商売であくまで人気アイドルユニットとしての階段を昇り始めた雪菜《せつな》たちと、財閥令嬢に生まれつき、一晩で億の金を動かせる伊集院《いじゅういん》とじゃ、現段階じゃ住んでる世界のステージそのものが違う。


アイドル＜＜＜＜（越えられない壁）＜＜＜＜財閥令嬢

これは絶対の方程式だ。

安定感も違うし、なにより使えるコネやツテが段違いだろうからな。

追加で金を引き出すだけなら簡単だったが、そこで関係が切れてしまうし、なにより伊集院の俺に対する心証は悪いままで固定されることになる。

「念《ねん》の為《ため》に聞くが、伊集院。二言はないな？　今度こそ取り消せないぜ」

だからこそ、伊集院を揺さぶり追い詰め、動かざるを得ない状況を作り上げた。

本人から俺を養うという言質《げんち》を取ることこそ、一億のアタッシュケースを見た瞬間に脳裏に描いた計画だったのだ。

「勿論《もちろん》ですわ、伊集院財閥の名に懸けて誓います」

「ちなみに聞いておくが、その契約には今後あのふたりから金を貰うのはやめろということを言外に含んでいると、そう解釈したほうがいいのか？」

「そこはお任せしますわ。ただ……貴方《あなた》が誰かから金銭を受け取らなくても、一生遊んで暮らせる生活を送れることを保証しますとだけ、今は言っておきましょうか」

それは遠まわしにYESと言っているようなものだったが、敢《あ》えて触れることはしない。

「本当だろうな？　毎日高級寿司《ずし》やA5ランクの肉を食わせてもらうぞ？　ガチャだっていくらでも回させてもらうし、スパチャもやりまくる。日本中に遊び用の高級マンションだって買ってもらうからな」

「構いません。A5だろうと本マグロだろうとガチャ1000連だろうと最高級ロイヤルスイートホテルだろうと、億ションだろうと。いくらでも食べて寝て買って、そして利用してくださいな。貴方がなにをしようが、わたくしは全てを受け入れる覚悟が出来ました」

俺を真《ま》っ直《す》ぐ見つめる伊集院の瞳に、迷いは見えない。

覚悟を決めた顔だ。伊集院はこの意志を、きっと生涯貫くことだろう。

それがたとえ、世間的には間違った道を進もうとしているのだとしても、だ。

「……その目。嘘《うそ》じゃないようだな」

「ええ。全ては、『ディメンション・スターズ！』のために。そのためだけに、わたくしはここにいるのですから」

伊集院は『ディメンション・スターズ！』と心中する覚悟を固めている。

一之瀬《いちのせ》が忠告したとしても、きっと受け入れないに違いない。

「迷いはもうない、か。いい顔してるぜ、伊集院。今のお前なら、『ディメンション・スターズ！』に加入してアイドルだってやれるんじゃないか？」

「フッ、ご冗談を。わたくしなどが、あの方たちに並ぶなど恐れ多い……ただ、その言葉、お世辞だとしても、有り難く受け取っておきますわ」

「お世辞なんかじゃないんだけどな。本当に今のお前は、誰もが見惚《みと》れる美人だと思うぜ、伊集院。胸を張っていい。俺が保証してやるよ」

「……本当に、ひどい人ですわね、和真《かずま》様は。こういった出会いでなければ、わたくしはきっと……」

顔を赤らめ、ウェーブがかかった自身の髪をいじる伊集院に尊大なお嬢様の面影はない。

成長を果たした彼女を微笑《ほほえ》ましく思いながら、俺は内心己の勝利を確信していた。

計画は今、成就の時を迎えようとしている。残っているのは、最後の仕上げのみだ。

「お前の覚悟は伝わった。なら、俺もそれに応えないとな」

「ぁ…………」

「ふたりに話してみるよ、伊集院の覚悟を。お前は罪だと言ったが、『ディメンション・

スターズ！』を想《おも》う気持ちは間違いなく本物だ。ちゃんと話したら、きっとあいつらも納得してくれるだろうさ」

苦笑しながら答えると、みるみるうちに、伊集院の瞳に大粒の涙が浮かんでいく。

「あ、ありがとうございます！」

「ただ、忘れないでくれ。契約を破ったら、俺は即行でまた雪菜とアリサに寄生して金をタカるからな？　そのことだけは、頭に入れておいてくれよ」

そう告げながら、俺は右手を伊集院へと伸ばした。

握手による契約成立をアピールするためだ。

俺の意図に気付いた伊集院もまた、自分の手をこちらに向かって差し伸べてくる。

「ええ。それでは……」

「契約成立、だな」

そうして、俺たちはガッチリ握手を交わす。はずだったのだが――

「皆、おはよう！」

「おはよ。って、皆なにしてるの……？」

ガラリという盛大な音とともに、眩《まばゆ》い煌《きらめ》きを放ちながらソイツ等は現れた。

「雪菜、それにアリサ。今来たのか……」

来ること自体は分かっていたものの、なんてタイミングの悪い……いや、考えようによっては逆にいいのか？

どの道話はするつもりだったし、この流れに乗ってみるのはアリだろう。

そう思い直していると、ふたりが俺の方へと近づいてくる。

「うわ、一万円札が舞ってるねー。なんか紙吹雪みたい」

「ドラマでもまずお目にかかれない光景ね……これ、どうせアンタ絡みでしょ？　いったいなにがあったのか、説明しなさいよ和真」

ヒラヒラと宙を舞う一万円札を物珍しげに眺める雪菜はいいとして、俺を端《はな》から関係者と決めつけているアリサはどうかと思う。

まぁ間違ってないんだけどさ。それはそれとして、俺のことをもっと信用してほしいもんだな。

日頃の行いは確かに良くないかもしれんが、きっかけを作ったのはそもそも伊集院であって、俺ではない。

そんなことを考えながら、ひとまず来たばかりで事態を把握していないふたりに、簡単に説明することにした。

「まぁ色々あってな。細かいことは後で話すが、たった今問題は解決したとこで、丁度締めに入ってたところにふたりが現れたってとこだ。主役は遅れてやってくるというが、カーテンコール間近に来たのは残念だったな」

「その色々が気になるんだけど……」

「まぁいいじゃないアリサちゃん。カズくんが解決したって言うなら、それでいいんだよ」

深掘りしてこようとしてくるアリサに、雪菜がフォローを入れてくる。こういう気配りをしてくれるのは助かるな。なんだかんだ俺に甘いのが雪菜のいいところだと思う。

「雪菜はいつもそうよね……ハァ、とりあえず話が終わってるっていうなら構わないけど、それなら席に座ったほうがいいんじゃないの？　もうすぐHRの時間も終わるじゃない」

「あっ！　そうよね！　先生、授業の準備もあるから早く職員室に戻りたいし、皆席について……」

「待った。その前に、ふたりに話があるんだ」

「話？」

「なんの話よ？」

「ってまたなのぉっ！　もういいじゃない！　早くしないと、私また主任に怒られちゃうのようっ！　お願いだからHR進めさせてぇっ！」

半べそをかくユキちゃんをスルーし、俺は幼馴染《おさななじみ》ふたりを真っ直ぐに見据える。

せっかくの機会だ。このタイミングを活用しない手はない。

HRなんて毎朝やってることだし、学生にとっては今しか出来ないことをすることのほうが重要なのである。先生なら、是非そこらへんを配慮してもらいたいものだ。

この経験はきっとユキちゃんの糧になるだろうし、悪いことじゃないだろう。

どこで役に立つかは知らんけど。

「実はな、ふたりに重大なことを言わないといけないんだ」

「どうしたの？　あっ、ひょっとして、お金がないとか？」

「全く和真はしょうがないわね。今いくら持ってたかしら……」

「いや、違うんだ。今は小遣いの話じゃない。俺が話したいのは、もっと別のことだ」

財布を取り出そうとするふたりを制する。

確かに小遣いは欲しいが、今優先すべきはそっちじゃない。

「じゃあなに？」

「うむ。実はな……」

「勿体《もったい》ぶらないでさっさと言いなさいよ。どうせ大したことじゃないんでしょ？」

胡乱《うろん》げな目で俺を見てくるアリサ。

昔から変わらない、幼馴染の辛辣な態度に、俺は思わず苦笑する。

「まぁそうかもしれないな。ただ、今は黙って聞いてくれ。結構大事な話なんだ」

「そうなの？」

「ああ。まぁ色々説明しなきゃいけないことがあるんだけど、その内容を語る前にまずふたりに話さないといけないことがある。実はさっき、俺は伊集院《いじゅういん》とある契約を結んだんだよ」

「「契約?」」

ふたりの声がハモる。さすがダブルセンターをやってるだけあって、息はピッタリであるようだ。

「そう。まぁ簡単に言うとだな……俺、これからは伊集院に養ってもらうことになったんだよね」

無論、ウソである。いや、養ってもらうつもり満々ではあるが、別に伊集院だけに養ってもらうつもりは全くない。

「一生遊んで暮らせる生活を保証するって言われてさ。働きたくない俺からすりゃ、乗らないわけにはいかなかったンだわ」

「え……」

「なに言ってるの、和真……?」

「ふたりにもお金を貰《もら》ってるし、悪いとは思ったんだけどな。いや、ホントすまん!」

頭を下げるが、これらはこの場にいる伊集院の好感度を稼ぎたいがための方便だ。

「それってつまり……」

「私たちはもう必要ないってこと……?」

「…………」

ふたりの問いかけに、俺は沈黙で返す。敵を騙《だま》すためにはまず味方からとも言うからな。悪いとは思ったが、この場は黙秘権を行使してユキちゃんがＨＲの催促をしてくるのを待つのが最善。ネタバレは、その後の休み時間にすればいい。

そう判断してのことだったが……。

「なによいきなり！　いきなりそんなこと言い出すとか、どういうつもりよ!?」

肩を怒らせ、詰め寄ってきたのはアリサだった。気の強そうな瞳をより一層吊り上げると、勢い勇んでこちらへと食って掛かる。

「お、落ち着けってアリサ。色々事情があるんだって」

「落ち着けるはずないでしょ!?　なに!?　お小遣いが足りなかったの!?　なら、もっとあげるわよ！！！　欲しいなら欲しいって、そう言えばいいじゃない！　他の人に養われるとか、そんなのいきなり言われても意味わからないんだから！」

「それは……」

参ったな。アリサが怒るのは予想していたが、この怒り方は想定以上だ。

もはや激怒と言っていいほどの勢いと剣幕で詰め寄ってくる幼馴染に、俺は思わずたじろいでしまう。

「絶対認めないいんだから！　アンタはアタシがいないと、なにも出来ないししようとしないじゃない！　和真にはね、アタシがついていてあげないとダメなの！　アンタがなにを言おうと、アタシは絶対和真から離れないから！！！」

「アリサ……」

目尻に涙まで浮かべるアリサ。普段の強気で気丈に振る舞い、アイドルとしてステージでも堂々と歌う彼女の面影はどこにもない。

今のアリサは、大切なものを失いたくないと必死に叫ぶ、ただの女の子だった。

（アリサのやつ、こんなに俺のことを考えていてくれたのか……）

そんなアリサを見て、俺は胸が締め付けられる感覚を覚えた。

正直、泣かせるつもりなんて全くなかった。後々問いつめられるとは思っていたが、この場では俺の言うことを冗談だと流してくれることを期待していた。

だけど現実は違った。アリサは人前で涙を見せるくらい動揺している。それを見て何も思わないほど、俺だって薄情な人間じゃない。

普段は口うるさいところがあると思っていたけど、それは俺に対する心配の裏返しだったということなんだろう。

思えばアリサはいつだって俺の面倒を見てくれていたし、優しい女の子だってことも知っている。

だが。

「悪い、アリサ」

「っつ！ 和真《かずま》！」

「もう、決めたことなんだ」

俺にも絶対譲れない《（働きたくない）》ものがある。


幼馴染への情＜＜＜＜（越えられない壁）＜＜＜＜生涯養ってもらうこと

これが俺にとっての優先順位であり、絶対の方程式なのだから。

さっきも言ったが、俺だって全く情がないわけじゃない。だがそれ以上に、俺にとって金と養ってもらうことは、なによりの優先事項なのである。

「そん、な……」

「詳しい話は後でするよ。まぁ悪く思わないでくれ。ほら、今は『ダメンズ』も人気が出てきたところだし、今はそっちに専念するってことで、な？」

まぁ実際はこの場で伊集院にアピールすることが目的なので、後でこっそり事情を説明して口裏を合わせてもらい、いつも通り裏で金を貰い続けるつもり満々だったりするのだが、さすがに確認した手前、そのことを伊集院の目の前で話すわけにはいかないからな。

（それにほら、なんだ。仮に本当にふたりになにかあった場合は、やっぱ誰かがそばにいてやらんといけないし……）

だから色んな意味で金は多いに越したことはないのである。

そんな自分でもよくわからない言い訳を内心しつつ、俺はふたりを騙し切る覚悟を決めたのだが……。

「納得、できない。できるはずない」

歯噛《はが》みしながらアリサが呟《つぶや》くように言う。その表情には悔しさが滲《にじ》んでおり、青い瞳には一歩も引かないという決意が籠っていた。

「おい、アリサ……」

「雪菜《せつな》もなにか言ってあげてよ！　和真がこんな馬鹿なことを言い出すなんて、絶対なにかロクでもない理由があるに決まってるわ！」

どうも思った以上に、アリサは頑固だったらしい。

ふたりで俺を説得するつもりなのだろう。だが生憎《あいにく》と、俺はどんな言葉にも耳を貸すつもりはない。

いや、なかったのだが。

「監禁、しなきゃ」

「へ？」

雪菜が唐突に、なんか不穏なことを言い出した。

「カズくんが私から離れたいとか、そんなことを言い出すはずないもん。おかしいよ。カズくんはお金が大好きなクズで、私に寄生しないと生きていけないのに。そう思うようにこれまで頑張ってきたのに。絶対おかしい」

「あ、あの？　雪菜さん？」

「きっと、誑《たぶら》かされたんだ。お金で誘惑されたんだ。カズくんは単純だから養ってあげるって言われて鵜《う》呑《の》みにしちゃったんだ。他の女の子に養ってもらって寄生しようとしてるんだ。やっぱり監禁しなきゃ。クズなカズくんも大好きだけど、私だけがカズくんを見放さないで一生養ってあげられるんだって、身体《からだ》に教え込まないと。私から離れるなんて考えられないようにしてあげないと、やっぱり駄目だったんだ。カズくんは私だけのものので、私もカズくんだけのものだって躾《しつ》けてあげないと、クズなカズくんにはやっぱりわかってもらえないんだよ。うんそうだ、そうだよ。やっぱり監禁が、私たちが一番幸せになれる方法なんだもん」

ハイライトの消えた目で、なにやらブツブツ呟いている黒髪の幼馴染に、俺は思わずビビってしまう。

「あ、あの雪菜？　その、一旦落ち着いて話を…」

「ねぇカズくん？　私がいるんだから、別に他の女の子に尽くされる必要ないよね？　私、カズくんにならいくらでも尽くしてあげるよ？　だって、養ってあげるって約束したよね？　私、カズくんに養って欲しいって言ってもらえた時、本当に嬉《うれ》しかったんだよ。あの時のこと、今でもよく覚えてるもん。一生そばにいていいんだって、カズくんには私が必要なんだって、心から思えて、すごく嬉しかった。これまで話したことなかったけど、私、カズくんと初めて出会った時、運命だって感じたんだよ。あ、この人が私の運命のヒトだって、ひと目で分かったの。一生ずっと一緒にいようって思った。この人は私がいないとダメで、私もカズくん以外の男の子なんて考えられないんだって。理屈じゃないんだよ、本能っていうのかな。そのことを、心で理解したの。神様が私たちを出会わせてくれたんだよ。この人と一緒になりなさいって言われたも同然だよね。ここまで言えばもう分かるよね？　私とカズくんは、運命で結ばれてるんだってこと。初めて会ったその日から、私にはカズくんしかいなかったんだよ。だからいつだってカズくんのそばにいたかったし、カズくんに頼って欲しかったんだ。そしたら、ずっと一緒にいられるもんね。私はあの約束、絶対守るよ。一生カズくんのこと、養ってあげる。だからカズくんも、私に一生養われてよ。そう、私だけ。私だけがカズくんを養うし、どんなカズくんだって受け入れてあげる。だからいくらでもクズになっていいよ。ワガママだって言っていいの。私はカズくんの言うことを聞くし、尽くすよ。どんなカズくんだって、カズくんには変わりないもん。

それに、ダメになってくれたほうが、他の女の子が寄ってこないからいいと思ってた。なのに、ねぇ。なんで他の女の子に養われたいなんて言うの？　私じゃ尽くしきれてないってこと？　カズくんのダメなところも受け入れてあげられるのは、私だけなんだよ？　お金ならいくらでもあげる。なんなら私のことだっていくらでも好きにしてくれていいよ。もう私はとっくにカズくんのものなんだから。カズくんにならなにをされても大丈夫だし、嬉しいもん。アイドルをやってるし、色々自信があるんだよ。ファンの人には悪いと思うけど、それでもカズくんだけは誰にも譲れない。だって、カズくんは私の全てなんだもん。カズくんがいない世界に興味なんてないし、そんなのいらない。あ、ちょっと重いこと言っちゃったかな。ごめんね？　でもね、やっぱりよく考えて欲しいの。だって、こんな女の子、他にいないよ？　普通の女の子ならカズくんの行動に絶対幻滅してるもん。別れたいって思うだろうし、愛想を尽かす子ばかりだよ。私は違うけどね。そんなカズくんでもカッコイイって思えるもん。我ながら都合いい子だなぁって思うよ？　仕方ないよね。カズくんは運命の人なんだもん。でも、カズくんは、ちゃんとそのことを分かってるのかな？　私だって、ホントはこんなこと言いたくないんだよ？　私はカズくんに求めてもらうことが一番の幸せなのに、自分からアピールするなんてホントは嫌なの。だって、そんな女の子だとカズくんに重いって思われちゃいそうだしね。クズなカズくんはそういう子嫌でしょ？　私、ちゃんと考えてるんだから。ほら、やっぱり私がカズくんにピッタリじゃない。やっぱり私しかいないよ。私がカズくんのことをダメ人間にしてあげるんだから、他の子に尽くされたらメッ！　なんだよ？　私がカズくんを幸せにしてあげるの。カズくんに尽くしてあげられるのは私以外にいないんだから。分かるカズくん？　私の話、ちゃんと聞いてる？」

「あ、はい。聞いてますです、はい」

ハイライトの消えた目で息継ぎなしに、淡々と話しかけてくる雪菜に、俺は反射的に頷《うなず》いていた。

ちなみに話の内容は脳が完全にスルーしている。こんなんビビらないほうがおかしい。

正直、ちょっと漏れそうだ。

「じゃあ監禁していいよね？」

「えっ!?　そ、それはさすがに……」

「監禁。されたいよね？」

「あ、あの」

「私に、監禁、されたい、よね？」

「俺の話も聞いてほし」

「されたいよね？」

圧が、圧がすごい……。一字一句、全てが重い。

「た、助けてアリサ！　雪菜の様子がおかしくなってるんだが!?」

あまりにも怖すぎる雪菜を前に、俺は思わずアリサに助けを求めたのだが、

「監禁、か。悪くないかもね」


「へ？」

目を向けた先には、ドス黒いオーラを溢《あふ》れさせる銀髪の幼馴染《おさななじみ》がそこにいた。

「ねぇ、和真。この前のコスプレ撮影の時に、なんでも言うことをひとつ聞くって言ってたわよね」

「え、い、いや、なんでもとまでは言った記憶が……」

「いいえ、確かに言ったわ。ううん、言ってなかったとしても関係ない。和真のワガママに、これまで散々付き合ってきたのよ。ならアタシにだって、和真にワガママを言う権利くらいある。そうよね？」

「え、いや、それは……」

ちょっと横暴すぎでは。そう続けたかったが、言葉が出ない。雪菜に続いて豹変《ひょうへん》したアリサに、俺はすっかり面食らう。

「今決めたわ。アタシ、和真を監禁する。そしてアタシのモノになりなさい。それが望み

よ。この願いは、絶対聞いてもらうからね！」

「ハ、ハァァァッッッ!?」

雪菜に引き続き、とんでもないことを言い出したアリサに仰天する。

「なに言ってんのお前!?　お前、そんなキャラじゃないだろ!?　素直になれないツンデレだったのに、なんでいきなり物騒なこと言い出してんだ!?　今のアリサおかしいぞ!?」

「おかしくない。おかしいのは和真の方よ。なんでアタシから離れようとするのよ。そんなの有り得ないし、許せるはずない」

「……え。あ、あの、アリサさん？」

「絶対誰にも渡さない。和真はアタシのモノなんだから。アタシには和真しかいないし、他の男の子とか考えられない。他の女の子に渡すとか絶対嫌。誰かに渡すくらいなら、アタシだけのモノにしてふたりでずっと過ごしたほうが幸せだもの。離さないし離れない。だって和真はアタシが一生養ってあげないとダメになるんだから」

ブツブツとなにやら呟くアリサには、近づきがたいナニかがあった。

ツンデレの言動にしてはちょっと度を越していると思うんですけど。俺間違ってるかな？

「思えばアタシ、これまでちょっと和真《かずま》に甘すぎたかも。和真がだらしないことを知っていたのに、それを本気で直させようと考えてなかったなぁ。だからアタシから離れたいだなんて、和真らしくないワガママ言い出したのよね、きっと。うん、そうよね。全部理解した。一度しっかり教え込むべきだったのよ。和真が一体誰のモノなのか、身体のすみずみまでに、ね……♪」

言いながら俺を見てくるアリサの目は、なんというか病んでいた。

どこか蠱惑的《こわくてき》で、それでいてうっとりしたような甘さを含んでいたが、俺には蠱惑どころか怖くて怖くて仕方ない。

「ア、アリサさん？　い、嫌だなぁ、怖いこと言わないでくれないかな？　そんな冗談言う必要ないと思うンですけど」

「あるわよ。他の女の子のところに行こうとする悪い幼馴染には、お仕置きが必要だと思わない？」

「い、いや、そんなことは……」

「大丈夫、痛くなんてしないから。それどころか……ふふっ♪」

ふふっってなんだよ!?　逆にこえーよ！　お前、俺にナニするつもりなの!?

「まぁ抵抗しても構わないけど、そうなるとちょっと面倒ね。和真ってすぐ逃げるんだもの」

「なら、協力しないアリサちゃん？　ふたりなら逃げてもすぐ捕まえられるし、私たちでカズくんを監禁しようよ」

「ちょっ、おまっ!?」

ちょっと待て、正気かお前!?

なにとんでもない提案を親友に持ちかけてんの!?

「いいの？」

「うん。本当は嫌だけど、今は緊急事態だしね。なによりアリサちゃんは親友だから、特別に許してあげる。私たちふたりで、カズくんを監禁して私たちだけのカズくんにしよう？」

明らかにヤベーことを言ってる雪菜《せつな》だったが、アリサはたじろぎもしていない。

それどころか嬉しそうに頷くと、了承の言葉を雪菜に返す。

「……ふふっ、そうね。アタシも雪菜ならいいわよ。幼馴染でずっと一緒に過ごすのが、アタシの昔からの夢だったから」

「アリサちゃんも、ようやく自分に素直になったね。今のアリサちゃんとなら、もっと仲良くなれそう。ただ、カズくんのことを独占する日も欲しいから、そのことについては後で話し合わないとね」

「ええ、楽しみだわ」

雰囲気だけなら美しい友情のやり取りと言えるが、話の中身は完全にドン引きモンだ。

見れば、クラスメイトたちも明らかに引いている。

『ダメンズ』ファンの男連中でさえ、頬を引きつらせているのだから、相当だ。

「はぇー……小鳥遊《たかなし》さんも月城《つきしろ》さんも、いいこと言うわねぇ。監禁かぁ。浪漫《ろまん》あるなぁ……ストレスひどいし、私もやってみようかしら」

ユキちゃんだけはなにやら感心しているようだったが、それ以外の皆は若干後ずさり、距離を取りまくっている。

教室のど真ん中にライブステージさながらの注目が集まっているが、巻き込まれているこっちは色んな意味でたまったもんじゃなかった。

明らかにヤバイ空気が教室を包み込む中、空気を読まないやつが約一名、雪菜に向かって動き出す。

そいつが誰なのか、今更言うまでもないだろう。金髪お嬢様の伊集院《いじゅういん》である。

「お待ちくださいセツナ様！　アリサ様！」

なにやら覚悟の決まった顔で、伊集院は雪菜の前に立ちはだかると、両手を広げて俺を見えないように隠してくる。

「おふたりとも！　もう和真様に拘《こだわ》るのはおやめください！　貴女《あなた》たちはトップアイドルとして、アイドル界の頂点に立つべき方々なのです！　和真様から離れ、正しい道を歩む時が来たのですわ！　この方のことは、どうかお忘れ下さい！　おふたりの分まで、この伊集院麗華《れいか》が責任を持って、和真様を生涯養いますわ！」

「「………」」

「ですからどうか、これからは『ダメンズ』の活動に専念――「「邪魔」」ぴぎゃあっ！」

裏拳一閃《いっせん》。

ふたりはそれぞれの手を造作もなく振るうと、伊集院を軽く一蹴した。

ドンガラガッシャンと、豪快な音を立て床に転がる伊集院。

「お嬢様!?」

一之瀬《いちのせ》が即座に駆けつけ抱き抱えるも、その顔にどこか恍惚《こうこつ》の色が浮かんでいたように見えたのは気のせいだろうか。

「ちょっ！　お前らっ!?　なにやってんの!?」

将来の大スポンサー相手にそれは、文字通りとんでもない暴挙である。

目の前で振るわれた幼馴染たちの暴力に、さすがの俺も慌ててしまうも、何事もなかったかのように、雪菜はもうひとりの幼馴染へと目を向ける。

「じゃあいいよね、アリサちゃん？　カズくんは、私たちのものってことで」

「ええ、雪菜。それじゃあアタシたちの幸せのために、始めましょうか」

釣られて俺もアリサを見るのだが、普段勝気だった幼馴染の目から雪菜同様ハイライトが消え失《う》せていた。

「ひぇっ……」

「うん。じゃあカズくん？」

「ねぇ、和真？」

そして幼馴染ふたりの眼差《まなざ》しが、そのまま俺へと向けられる。

「あ、あの、雪菜さん？　アリサさん？」

「働きたくないんだよね？」「働きたくないのよね？」

同時に聞こえるその声は、地獄の底から響いてくるような闇を感じさせる、アイドルとは思えないデスボイス。

逆らえない何かを感じ取り、俺は思わず頷いてしまう。

「え、あ、はい」

「「一生、働きたくないんだよね？」」

「う、うん」

「「一生、私たちに養ってもらいたいんだよね？」」

「そ、そうです」

ふたりの問いに、俺はただ頷くしかない。

まるで生まれたての小鹿のように、足もカクカクいっている。

気分は悪魔の儀式で捧《ささ》げられる生贄《いけにえ》そのものだ。

「「なら、私たちだけでいいよね？」」

「は、はい？」

「私たちだけが、カズくんを、和真を養ってあげられるの」

「なら、私たち以外の女の子なんて必要ない。そうよね？」

ふたりが、ズイっと顔を寄せてくる。

とても精巧に整った女神の如《ごと》き美貌のはずが、今は悪魔のそれに見えた。

「そ、それはその。養ってくれる人数と保険は、お、多いほうがいいかなーって……」

「ひ・つ・よ・う・な・い・よ・ね？」

底のない暗い瞳がそこにある。

メチャ怖い。それが俺のシンプルな感想で、

「は、はひ……」

「うん♪　なら良し♪」

「和真なら、頷《うなず》いてくれると信じてたわ」

ふたりの声に、俺は逆らえなかった。

頷いた途端、パッと離れて明るい声を出す幼馴染たちが、とても恐ろしい存在に思えてくる。

「ねぇ、カズくん」

「和真」

「は、はひっ！」

上ずった声で答える俺に、ふたりは満面の笑みを向けてきて、

「私たちが、ずっと、ず――――っと！　養ってあげるからね！」

働きたくない俺にとって、とても有難い宣言をしてくるのであった。

「一生逃がさないからね♪　……絶対」

「アンタはアタシたちが養うの。いいわね、和真？」

「は、はい……」

もしや、寄生されたのは俺のほうなのではないかと、そんな考えが脳裏に浮かんでしまったのは、また別の話であったり。

晩春の空が、青く澄み渡っている。

吹く風も心地よく、風に乗って聞こえてくる子供たちのはしゃぐ声は、始まったばかりの大型連休を早くも謳歌《おうか》しているようだ。

学生にとって貴重な黄金週間の初日を、ひとり公園のベンチに腰掛け、時間をだらだらと消費している俺とは大違いである。

悩みもなく、将来の不安もなく、ただ無邪気に友達と遊ぶことを楽しんでいるのは、正直素直に羨ましい。

「俺にもあんな時があったなぁ。いや、もうちょいひねくれてたか……？　ま、どっちでもいいけどさ」

適当なことをひとりごちながら、俺は再び空を眺める。

そこには雲ひとつない青空が広がっているというのに、俺の気分は違う意味でブルーそのものだ。憂鬱と言い換えてもいい。

待ちに待ったゴールデンウィークのはずなのに、俺の現在の気分は、ひどくアンニュイなものだった。

そのせいだろうか、嘆息混じりの後悔が口に出る。

「なんつーか、失敗したなぁ俺……」

伊集院の転校以来なんやかんやと色々なことが俺の周りで起こりまくっていたが、それらのイベントが吹っ飛ぶくらいの見返りとして、生涯財閥令嬢様に養ってもらえる契約になんとかこぎつけたことまでは良かったのだ。

だがそれも、伊集院が雪菜に張り倒されたことで、全てうやむやになってしまった。

あの後復活した伊集院に怪我《けが》がなかったことはなによりだったが、頭を打ったのか、授業中は雪菜のことをいつも以上にうっとりとした目で見て視線を外さず、俺の話に耳を貸してくれなかったことで、伊集院に養ってもらう計画は、早くも頓挫してしまった。

俺にとって人生のターニングポイント《収入増》となるはずだったのに、なんとまぁついてないことだ。ため息だって、そりゃ出るってもんだろうさ。

だがまぁ、それはいい。元から予定になかった契約だし、割り切ることは出来る。

一番の問題は、雪菜とアリサが俺を監禁しようとしていることだ。

雪菜が独占欲全開タイプのヤンデレ兼やべーやつであることはよく分かったが、アリサまでツンデレからヤンデレにジョブチェンジしたのは完全に想定外だった。

幼馴《おさなな》染《じみ》ふたりにハイライトが消えた目を向けられたのはトラウマもんだったたし、両脇をふたりに固められ、教室から廊下に引きずり出された時は本気で身の危険を感じたものだ。

咄嗟《とっさ》に大声を張り上げて、他クラスのやつらが様子を見に出てこなければどうなっていたか、考えるだけでも恐ろしい。

その後ふたりの前で土下座したり、なだめすかしたりしてなんとか監禁を思い止《とど》まらせることには成功したものの、代わりにある約束をさせられてしまったのだ。

その内容とは、ズバリ夏休みの間はふたり揃《そろ》って俺の家にずっと泊まるという、とんでもないものである。

アイドルふたりが幼馴染とはいえ男の家に泊まり込むのは普通に問題大アリなうえ、俺の家には両親がいないから、実質ふたりの監視による監禁状態と大差がない。

さすがにふたりの親も許してくれないんじゃないかという、一縷《いちる》の望みに託すも、どっちもあっさり許可してきた時の絶望感はとても言葉で言い尽くせるものではない。

なにが、「うちの雪菜《せつな》をよろしくね♪　助かるわ、将来の婿くん♪」だ！

アリサの親も、「君にうちの娘を託すよ。いや、娘が養うから託されるのはむしろ私たちの方かな？　まぁ子供は相当な美形が生まれてくるだろうから、今から孫の顔を見るのが楽しみだよ！　あ、私のことはグランパって呼ばせていい？」とか、妙にノリノリで言いやがって！

俺は遊んで暮らしたいし、そもそも高校生にそんな重いこと言うなや！

大体アンタ等の娘はアイドルやろがい！

「はぁ……親連中にはもう頼れんな……」

多すぎるツッコミどころと、いつの間にか外堀が完全に埋まっていたことに頭が痛くなるが、それを差し引いても当面の問題は、やはり夏休みにふたりによって監禁される件だろう。

夏休みなら『ダメンズ』の活動も活発になるはずだが、あの様子だとふたりで交互に仕事を入れるようにするなりで、俺への監視を常に行ってくる可能性が高い。

最悪既成事実を作られる可能性もある。

「監禁は嫌じゃ……俺は遊んで暮らしたいんじゃ……監禁なんてされとうない……」

出来れば逃げたいところだが、あのふたりから貰《もら》える小遣いは、既に俺にとってなくてはならないものとなっているため、それも出来ない。

ふたりには俺を養ってもらうために、アイドルを続けてもらわないといけないのだ。

そのためには、手を出すなんて御法度だ。スキャンダル程度なら伊集院《いじゅういん》に相談すればなんとかもみ消せるだろうが、妊娠だけは洒落《しゃれ》にならん。

絶対に監禁生活だけは避けなくては。そのためには、やはり味方が必要だ。

そう心に決めると、俺は早速頭の中に味方につけることが出来そうな人物を描いた。

あと二ヶ月ちょいで、どれだけの人間を引き込めるかの勝負だ。

雪菜とアリサに対抗できる、強い味方を作る必要がある。

「一之瀬《いちのせ》は俺の言うことを聞いてくれるだろうが、伊集院はダメだろうな……ユキちゃんはイマイチ頼りにならんが、先生だし候補としてはアリだな。猫宮《ねこみや》には嫌われてるから無理……か？　いや、アイツ常識人だし、アリサのことを餌にして協力してもらって、後々強引に口説けば落とせるかもしれんな……とりあえず保留にはするが……うーん……」

次々とリストアップと精査を行っていくも、どうにも良い結果が見えてこない。

(やっぱ学校メンバーだけじゃ限度があるな……雪菜たちの活動を詳しく知っていて、スケジュールに割り込むことが出来るようなやつがいれば、格段に楽になるんだが……)

そんなことできるのは、同じ『ダメンズ』のメンバーか事務所のお偉いさんくらいだろう。

『ダメンズ』の残りのふたりはライブ映像で顔こそ知っているが、俺との接点はまるでない。

俺たちと同じ学校に通っていることは知っているが、会話するきっかけもなかったからな。

雪菜たちに紹介してもらうことも一瞬頭に浮かんだが、今はタイミングが悪い。また他の女に手を出すのかと、警戒されるだろう。間違ってないから否定しづらいのがつらいところだ。

なにより、俺の悪名はどうやら他学年にまで届いているようだから、会いに行ったところで向こうのクラスメイトや友人にブロックされ、徒労に終わる可能性が高かった。

こうして『ダメンズ』との接触には見切りをつけたわけだが、しばらく頭の中でシミュレーションしてみたものの、やはりどれも良くない結果ばかりが浮かんでは消えていく。

「あーもうめんどくせぇ！　考えるのはやめだやめ！」

思わず吠《ほ》えると、勢いそのままベンチに背を預けて天を仰ぐ。

頭を使ったのもあってか、なんだかなにもかも面倒になってしまった。

「あーあ、誰か俺を養ってくれないかなぁ。それも、文句言わずに金だけ出してくれて、困ったときに必ず助けてくれて、面倒事は全部笑顔で引き受けてくれて、おまけに面倒なこと言ってこないで俺を癒してくれるような、そんな子がどっかにいないかなぁ」

思考を放棄して願望を垂れ流してみたものの、さすがにこんな子はちょっと都合が良すぎるな。

でも欲しいなぁ。どっかにいないかなぁ。ヤンデレになったり監禁してきたりなんてしないで、俺だけにめっちゃ都合のいい、そんな女神みたいな女の子……。

「おにーさん。なにしてるんですか？」

なんてことを考えてる時だった。

「ん？　誰だ？」

いきなり近くから、誰かの声が聞こえてきたのだ。

すぐに顔を正面に戻してみると、ベンチに座る俺の前に、女の子が立っている。黒の野球帽を目深に被《かぶ》り、黒のマスクで顔の半分を隠しているが、声の感じとスカートを穿いていることから間違いない。

咄嗟に左右を見回すも、他に人影はなかった。そうなると、話しかけられたのは俺ってことか。

「お兄さんって俺のこと？」

「はい。ひとりで空見上げてなにしてるのかなーって。つい気になって声かけちゃいました。迷惑でしたか？」

「いや、そんなことはないけど……」

「あは♪　なら良かったです」

俺が答えると、何故《なぜ》か目の前の女の子は機嫌を良くしているようだった。

（あれ？　この声、なんかどっかで聴いたことあるような……）

なんとなく引っかかるものがあったが、マスク越しでは記憶から掘り起こしたところでイマイチ自信が持てない。顔も同様だ。

とはいえこの流れで「俺と君、どこかで会ったことない？」とはさすがに聞きにくい。完全にナンパになるし、そんなことをするつもりは全くないからだ。

（ま、いっか。今は考えることに疲れてるし、無理に思い出す必要ないわな）

少なくともこっちに悪い印象を持っているわけではないようだし、ここは流すことにしよう。

余計なトラブルはもうゴメンだ。

「なんか嬉《うれ》しそうだけど、なにがいいんだ？」

「おにーさん、すっごくルリ好みの顔してるんで。嫌だなーって思われるより、好印象のほうがいいじゃないですか。それに……」

白のパーカーの上から羽織った、黒のスタジャンのポケットに手を突っ込んだまま、女の子は目を細めると、グイっと顔を寄せてくる。

「うーん、やっぱりルリ好み。ちょっと目が濁ってるのがなおいいですね。こんな人、初めて見たかも……」

褒めてるのかそうでないのかよくわからないことを言いながら、女の子はなにやら目を輝かせていたが、それはそれとして顔が近い。帽子のつばが、こっちの頭に当たりそうだ。

「おい、顔近いぞ。もうちょっと離れてくれ」

「あっ、ごめんなさい」

追い払う仕草をすると、あっさりと距離を取る。

案外素直な性格なのかと思ったが、なにやら感心しているようだ。

「でも、へぇー……全然動じてないんですね。こんな可愛《かわい》い女の子がすぐ近くにいるんだから、もう少し照れたっていいと思うんですけど。もしかして、女の子と遊ぶの慣れてます？」

「別に。可愛い子なら単純に見慣れてるってだけだ。それに俺は、女の子を外見で判断してるわけじゃないしな」

「ふーん。そうなんですかぁ。じゃあ、なにで判断してるんです？　ちょっと聞かせてもらえませんか？」

そう言うと、また顔を近づけてくる。

ただ、その目はキラキラと輝いており、隠しきれない好奇心を宿していた。

「なんなんだよお前。初対面なのに、さっきから距離が近いぞ」

「すみません。昔からよく言われるんですよ。ルリは好奇心旺盛だねって。興味を持ったことに全力を持っちゃうタチみたいなんです。今はルリ、おにーさんに興味津々なんですよ」

「興味？」

「はい。顔は超好みのタイプですけど、ルリはなにより、面白い人が好きなんです。ルリを退屈させてくれない、そんな人がいいんです。顔が良くてもつまらない人なら、ルリは興味を失《な》くします。そういう子なんです、ルリは」

んなこととしらんがな。最近はどうも、面倒なやつらに絡まれがちな気がするな。

「ふーん。まぁとりあえず答えたら、どっか行ってくれるってこと？」

「ええ。全てはおにーさんの答え次第ですね」

女の子は頷《うなず》くも、随分一方的な言い草だ。

まぁ別にいい。答えるだけでいいなら答えてやろうじゃないか。

ワクワクしてるらしい女の子と目を合わせながら、俺はゆっくり口を開くと、

「金だ」

「へ？」

「だから、金だ。どれだけ金を持っていて、俺に貢いでくれるかが、俺にとって女の子の判断基準だ」

「え？　お、お金？　お金目当てってことですか？」

「端的に言えばそうなるな」

金が好きだと言うと、何故か大抵驚かれるんだよな。皆も好きなはずなのに、なにがそんなにおかしいのやら。

まぁもう慣れてきたからどうでもいいけどさ。

「で、でも、おにーさん高校生くらいですよね？　普通高校生なら可愛さとかスタイルの良さの方に目が行くんじゃゃ……」

「顔とか身体《からだ》とかどうでもいいから、俺は俺を一生養ってくれて、一生遊ばせてくれるだ

けの金を持った女の子ならそれでいい。誰でも何人でも大歓迎。これが俺の答えだよ」

「………」

女の子は俯《うつむ》いて押し黙る。猫宮のように呆《あき》れたのだろうか。

それならそれで別にいいか。関わるつもりもないから知ったこっちゃないし。

「これで満足か？　もういいなら、さっさとどっか行ってくれ。こっちは悩み事多くて疲れてンだよ」

言い切って、俺は三度《みたび》空を見上げる。

相変わらず、雲ひとつ見えない青空だ。

これを見ていると、ちっぽけな悩みなんてどうでもよくなる、なんてことはないが、多少気持ちが楽になる気がしないでもないな。

五月晴れの空と風が、プラシーボ効果を運んでくれるといいのだが、そこまで期待はしていない。

強いて言うなら、この子がさっさとどっかに行ってくれると有り難みを感じるかもしれないな。

そう思っていたのだが、

「ぷ、く、くくく……」

聞こえてきたのは、立ち去る足音じゃなかった。

なにやら笑いをこらえているかのような声が聞こえてきたので見てみると、女の子は俯きながら腹を押さえているようだ。

「あは、あははははは！　お、おにーさん！　面白っ！　それは全然予想してなかったです！　お金って！　面と向かってそれ言います!?　クズすぎますよ！　最高ですよおにーさん！」

そのまま爆笑し始めるが、こっちとしては反応に困る。

「そんな面白いか？　別に笑わせるつもりはなくて、至って真面目な本音なんだがな」

「真面目なら尚更《なおさら》タチ悪すぎますよっ！　ル、ルリみたいな可愛い女の子にも言えちゃうなんて！　ヤバッ、こんななにもかも好みドンピシャな人会ったことないっ！　ホントヤバイですってクズおにーさん！　レ、レッスンまでの時間潰しのつもりだったのに、こんな人に会えちゃうなんて、やっぱりルリって持ってますよ！　ホントクズすぎっ！」

「クズクズ連呼しすぎだろ……」

失礼なやつだな。なんか疲れたし、これ以上は付き合ってられん。

「もういい。俺が先に帰るわ。あばよ、見知らぬ爆笑女ちゃん。もう二度と会わんだろうけど、達者でな」

「あっ、ちょっと待ってください！」

ベンチから立ち上がり、家に帰ろうとしたのだが、何故か呼び止められてしまう。

「なんだよ。まだなにかあんのか？」

「ええ。ルリ、クズおにーさんにすっごく興味あるんです。こんな面白い人、会ったことないですもん。これっきりだなんて絶対嫌です」

「えぇ……んなこと言われてもな。さっきの話聞いてたか？　俺、金がないやつには別に興味なんてないんだが」

　まして面倒くさそうなやつにはもっとない。

　だが、俺がそう告げる前に、女の子が言う。

「ルリ、お金ありますよ」

「へ？」

「薄々思ってはいましたけど、やっぱり気付かれてなかったんですね。ちょっとショックですけど、まぁいいです」

　少し不満そうにしながら、その子は帽子を外す。

　途端、隠れていた赤い髪がふわりと柔らかくその子の肩へと落ちていく。

「なにせルリはこれからもっともーっと輝いて、人気者になるんですから。センターの座だって、すぐに奪ってあげる予定ですもん。『ディメンション・スターズ！』の本当のエースは、このルリなんですからっ！」

　そして、黒いマスクに指をかける。

細い指先が下がると同時に、隠れていた素顔があらわになり、俺は思わず目を見開く。

「お前は……！」

「さすがにわかってもらえましたか。そう、ルリは『ディメンション・スターズ！』の次期エースこと、未来のトップアイドル立花瑠璃《たちばなるり》です！」

そこにいたのは、雪菜《せつな》とアリサの所属する『ディメンション・スターズ！』のメンバー、ルリだった。

思いがけない人物との邂逅《かいこう》に、俺は驚きを隠せない。

「ルリとクズおにーさんは、長い付き合いになるんですから、これからはルリのこと、よく覚えておいてくださいね、クズおにーさん」

「長い付き合いだと……？」

「ええ。ルリ、クズおにーさんのこと、すごく気に入っちゃいました。だから、ルリがおにーさんにとって、都合のいい女の子になってあげます。ファンの皆には内緒の、特別大サービスですよ」

まだ事態の飲み込めていない俺に、ルリは満面の笑みを見せると、

「トップアイドルの座もおにーさんも、全部ルリが頂きですっ！　ルリがクズおにーさんのこと、養ってあげちゃいますからっ♪」

そう言って、小悪魔のように微笑《ほほえ》んだのだった。

これはまだ、幼馴染《おさななじみ》たちがヤンデレにジョブチェンジする前の話。

珍しく雪菜とアリサが揃《そろ》い、伊集院《いじゅういん》とクラスメイトたちに幼馴染のコスプレ写真を撮る約束をした、とある日の放課後のことである。

「悪いなふたりとも、急にコスプレ写真撮る話になっちゃってさ」

その日、俺は雪菜とアリサと並んで、帰り道を歩いていた。

「別に気にしてないわよ。和真《かずま》に泣きつかれるのは初めてじゃないしね」

「おじさんたちが海外に転勤することが決まった時とか凄《すご》かったよね。おばさんなんて般《はん》若《にゃ》みたいな顔でカズくんのこと追いかけてくるんだもん。驚いちゃったよ」

「うん、あれは凄かったわね。荒縄片手に全力疾走してくるおばさんの姿を夢に見たもの……」

「その話、やめてくれないか。俺にとっちゃトラウマなんだが」

俺を間に挟んだ状態で、楽しそうに話すふたりだったが、あれは俺にとって黒歴史そのものだ。

出来ればさっさと忘れたいし、思い出したくもない過去なので、話題を変えることを即座に決める。

「あー、アリサ。そういやこの前のライブご苦労さん。まだちゃんと労《ねぎら》ってなかったけど、凄く良かったよ。最高だった」

「あ、うん、ありがと。でも、頑張ったのは雪菜もだし、この子のことも褒めてあげたら？」

俺が褒めると、恥ずかしそうに目をそらすアリサ。相変わらず素直じゃないなと苦笑しつつ、話を続ける。

「いや、雪菜のことはもう褒めてたんだ。な、そうだよな？」

「うん。ライブの次の日にたくさん褒められちゃった♪　あ、そういえば新しいスマホに、買い替える約束もしてたよね」

「え？」

「そういえばそうだったな。最近色々ゴタゴタしてたから忘れてたわ」

「いつ買いにいく？　ゴールデンウィークはライブがあってちょっと忙しいけど、その後なら……」

「ちょ、ちょっと待って！」

雪菜と顔を見合わせ話し込んでいると、アリサが割って入ってくる。

「ん？　どうしたよ」

「ス、スマホ買い替えるってどういうこと？　アタシ聞いてないんだけど」

「あー、そういやアリサには言ってなかったか。伊集院が転校してきた日にな、新しいスマホが欲しいって、雪菜に話したんだよ」

「それで一緒に買い替えようねって話になったんだ。やっぱり同じ機種で揃えたいものね」

「………………」

「まぁそういうわけでそのうち……って、なんて顔してんだよアリサ」

見ると、アリサはジト目でこちらを睨《にら》んでいるではないか。

「別に。なんでもないし」

「いや、なんでもないって感じじゃないんだが。あからさまに不機嫌そうに見えるンすけど……」

「アタシはいつも通りだし。気にしなくていいし。また雪菜のこと優先してるんだとか、思ってないし。そのことを怒ってなんか絶対ないし」

つーんとした態度そのままに、露骨に目をそらすアリサ。明らかに気にしまくってるとしか思えないんですがそれは。

「そ、そうなの？」

「そうなの。だからアタシを気にせず、ふたりでスマホ買い替えるなりしてくればいいじゃない。アタシはぜんっぜん！　全く！　なんとも！　思ってないし！」

「お、おう。そうっすか」

いかん、どうも拗《す》ねてるっぽい。仲間はずれにされたと思っているようだ。

思えばアリサは昔から寂しがり屋だったし、除《の》け者《もの》扱いされるのが大嫌いだったからなぁ。そのことを失念していた俺のミスだ。

「あの、ゴメンな。そういうつもりは一切なくてだな」

「だから分かってるってば。何度も言わなくていいから。アタシはふたりの邪魔しようなんて思ってないもの。好きにすればいいのよ」

慌てて取り繕おうとするも既に遅し。アリサは完全に意固地になっており、取り付く島がまるでない。

うーん、参ったな。こういう時は下手な説得は逆効果だ。ひとまず流れを変える必要があるが、その役目は俺では務まらないだろう。

（となるとやっぱり……）

チラリと、横を歩く雪菜に目を向ける。頼る相手は必然、この場にいるもうひとりの幼馴染である。

幸い、俺の視線に雪菜がすぐに気付いてくれた。嬉《うれ》しそうに横目で見てくる雪菜だったが、アリサにバレるのは避けたい。無言のまま、アイコンタクトでの会話を試みる。

（雪菜、なんとかアリサの機嫌を取ってくれ）

パチパチと、何度もまばたきして、俺は自分の意思を伝える。

普通ならこんなことで伝わるはずもないのだが、実に都合のいいことに、俺の幼馴染は普通じゃない。

いつだって俺のことを最優先して尽くしてくれる、親以上に俺のことを理解してくれる存在なのだ。

なら、言葉を交わさずとも、きっと想《おも》いは伝わるはず！

そう信じ、黒髪の幼馴染をじっと見つめるのだったが、やがて嬉しそうに頷《うなず》く雪菜。

（おお、伝わったか！）

さすが雪菜！　それでこそ俺を一生養ってくれる幼馴染だぜ！

意思疎通が成功した喜びから、思わずガッツポーズを取りかけたのだが。

「お金が欲しいんだね、カズくん！　足りないんだったら、早く言ってくれたら良かったのに！」

アカン、全然伝わってない。

「雪菜、違う、そうじゃなくって」

「待ってて、今すぐそこのコンビニでおろしてくるからね！」

慌てて引きとめようとしたのだが、雪菜の行動は素早かった。

スカートを翻《ひるがえ》したかと思えば、あっという間にコンビニへと突撃していったのだ。止める間もないとはこのことだろう。

「あっちゃー……」

遠くなっていく幼馴染の背中を見つめながら、俺は思わずため息をついていた。

確かに理解してくれてはいたが、そうじゃない。人間やはり言葉を口にしないと、本当の気持ちは伝わらないんだなぁという、世界の真理と無情さをしばし噛《か》み締めていたのだが、

「また、アタシじゃなく雪菜に頼るんだ」

ポツリと、寂しそうな声が耳に届く。振り返ると、立ち止まっているアリサがいた。

「アリサ……」

「アタシって、そんなに頼る気になれないの？　確かに雪菜みたく素直じゃないし、和真は面倒臭いと思ってるかもしれないけど……アタシだって、アタシなりに頑張ってるのに」

下を向いているため、表情は見えない。

だけど、どんな顔をしているかは何となく察しがつく。

俺はゆっくりと、アリサの方へと歩を進めた。

「おい、拗ねるなって」

「うっさい。拗ねてなんかないし。アタシは子供じゃないし、和真よりよっぽどしっかりしてるんだから」

そんな沈んだ声のトーンで言われても説得力に欠けるんだが。だけどそのことに触れはしない。ただ、アリサの前で立ち止まる。

「知ってるよ。頼りにしてるし、助かってる。アイドルになる前もなった後も、アリサがずっと頑張ってること、俺が誰よりよく知ってるつもりだぞ」

これは本心からの言葉だ。嘘《うそ》じゃない。

「なら、なんで……」

「だから言ってるだろ。頼りにしてるって」

言いかける幼馴染の頭に手を置いた。

「そのせいで、つい忘れちゃうんだよな。アリサも同い年の女の子だってこと」

そのまま頭を撫《な》でる。感触は朝と変わらず、とても柔らかかった。

「あ………」

「アリサの良いところだって、俺はたくさん知ってる。そりゃ雪菜が頼みやすいのは確かだけどさ。雪菜《せつな》と自分を比べて、落ち込んだりするなよ。らしくないぜ？」

「……………うっさい」

「あれ、信じてないのか？　んじゃ試しにいいところ挙げてくぞ。まず料理が上手《うま》いだろ。あと、気が利くし、歌も上手い。家事は万能だし、面倒見もよくて可愛《かわい》いし……」

「うるさいうるさいうるさい！　言わなくていいからそういうの！　恥ずかしいでしょ!?」

指折りしながら数え始めると、大声を出してやめさせようとしてくるアリサ。

そんなアリサを見て、俺は内心笑みを浮かべた。これこそ、俺の良く知る月城《つきしろ》アリサなのだから。

「なんだよ、ホントのこと言ってるだけじゃん。アイドルやってるし、いくらでも褒められてるだろーが」

「ちょ、直接言われるのは嫌なの！　それも、よりによって和真からは！」

言い終えると、そっぽを向くアリサ。どうやらよほど恥ずかしかったようだ。

「おい、機嫌直せって」

「うー……」

「言っとくけど、スマホ買い替えに行く時はアリサも誘うつもりだったからな。俺たちがお前だけ仲間はずれにするわけないだろ？」

そろそろ頃合いだと判断し、俺はきっかけとなった話題を切り出した。

さすがにこれには食いつかざるを得なかったらしく、肩がびくりと震えたかと思うと、アリサは恐る恐るといった様子でこっちを見てくる。

「…………そうなの？」

「当たり前だろ。そりゃ言い忘れたのは悪かったけどさ。もっと俺たちのこと信用しろって」

「…………言ってくれないと分からないわよ、馬鹿」

アリサは目を背けるも、その顔は真っ赤だ。自分の態度が子供っぽかったことを、ようやく自覚したのかもしれないな。

「そういや、最近はアリサの料理食べてないよな。久しぶりに作ってくれよ」

とはいえ触らぬ神に祟《たた》りなし。触れることなく違う話題に切り替えることにした。この幼馴染《おさなじみ》に余計なことは言わない方がいいことは、とっくの昔に学習済みだ。

「何が食べたいの？」

「んー、カレーかな。やっぱ好きだし」

「好み変わってないわね。アンタだって子供じゃない」

「いいだろ、別に。俺は変わる気なんてないからな。勿論《もちろん》働くつもりだってない。一生養ってもらって生きていくからな」

「……それってやっぱり、アタシたちに？」

「他に誰がいるんだよ。約束だってしただろ？」

そりゃ養ってくれる人は多いに越したことはないが、生憎《あいにく》と今はふたり以外に候補はいない。

「約束、かぁ。うん、確かにしたわね。懐かしいなぁ……」

「覚えてるならいいが、絶対養ってもらうからな。そうでないと、俺は生きていけん」

「分かってるわよ……でも、フフッ」

アリサの口元が不意に緩む。この話になって、ようやく見せた表情だったが、なんでこのタイミングなのかがよく分からない。

「なんで笑うんだよ。そんな面白いとこなかったろ」

「別に？　ただ、アンタって、昔からホント変わってないんだなって、そう思っただけよ」

「なんだよ、悪いか？」

「ううん。和真《かずま》はそのままでいいわよ。手が掛かって面倒で、どうしようもない和真のままでいい。そっちのほうが、アタシもアタシのままでいられるから」

そう言って笑うアリサの表情は柔らかかった。

「……さり気なく俺のこと、馬鹿にしてない？」

「さあ？　別にそんなつもりはないけどね」

この憎まれ口、まさに我が幼馴染のそれである。どうやらいつもの調子を取り戻したらしい。

そのことに安堵《あんど》し、内心胸を撫で下ろしていると、視界の端に近づいてくる黒髪が見えた。どうやら雪菜がコンビニから戻ってきたようだ。

「アリサちゃん、機嫌直ったね」

「ま、一応な」

とりあえず頷いておく。ホントは雪菜がいてくれた方がもっと早く収まったと思うが、自力でなんとかなった以上贅沢《ぜいたく》は言うまい。

「ふふっ、やっぱりふたりきりで話したのが良かったんだね。アリサちゃん、素直じゃないからなぁ」

上機嫌に話す雪菜だったが、その言葉に引っかかるものがある。

「ん？　雪菜、お前もしかして分かって……」

「ホラ、何してるのよ和真！　早く行くわよ！」

雪菜に尋ねようとしたのだが、強引に手を引っ張られた。

「ちょっ、アリサ」

「カレーを食べたいって言ったじゃない。今からスーパーに行くから、荷物くらいは持ちなさい」

そのままズカズカと進んでいくが、やたら早足のため中々歩幅が揃《そろ》わない。気を抜いたら足がもつれかねん。

「待てよ、落ち着けって。そんな急ぐ必要ないだろーが」

「いいの！　今はそうしたいんだから！」

嬉《うれ》しそうに俺の手を引くアリサ。クスクスと小さく笑いながら、後ろからついてくる雪菜。

昔から変わらない、俺の幼馴染たち。

「はぁ、しょうがないな……」

「ねぇ和真」

「ん？」

今はとても綺麗《きれい》になり、アイドルになっているが、それでも。

「アタシだって和真のこと、誰よりよく分かってるんだからね！」

満面の笑みを浮かべるアリサを見て、きっと俺たちの関係は、ずっと変わることはないんじゃないかと、なんとなく思ったのだった。

「ふふっ、アリサちゃん、いい感じだね。これからもっと素直になれば、もっと仲良くなれるだろうなぁ……うふ、うふふふふ……」

………なお数日後にデジャヴを感じるようなやり取りを繰り返した後に、俺は色んな意味でエライ目に遭うのだが、それはまた別の話である。

◇◇◇

昔から、和真は全然変わらない。養って欲しいとか、お前がいないと生きていけんとか、普通なら絶対言えないことも、アイツは平気で口にする。

「フフッ、ホント馬鹿なんだから」

本当にどうしようもないヤツだと思う。だけど、それはアタシもだ。

和真に求められると嬉しかった。必要だって言ってもらえると凄《すご》く嬉しい。

だからアタシはアイドル活動を頑張れる。……それはきっと雪菜も一緒だと思う。

それにアタシずっと前から知ってるんだから。和真が誰よりも『ダメンズ』を応援してくれていること。まだ『ダメンズ』にファンが全然ついていなかった初めてのライブにもアンタは来てくれた。個人ブログでアタシたちを応援してくれて、どんなライブも必ずチェックしてくれる。

馬鹿だけど、アタシたちのことをちゃんと見てくれていて、必要としてくれて。大切だと言ってくれる和真のことが、アタシは、その、き、嫌いじゃないと思って……うぅ。内心でも素直になれない自分が嫌になる。だから——こんなこと、絶対面と向かっては言えないし、言わないけど……素直じゃないアタシとずっと一緒にいてくれて、本当にありがとね、和真！

あとがき

はじめまして、くろねこどらごんと申します。この度は私の初書籍化作品となる『幼馴《おさなな》染《じみ》たちが人気アイドルになった』を手に取っていただき、誠にありがとうございます。

『おさドル』を執筆したのは日々の残業に疲れ、働きたくない気持ちが限界に達した結果、現実逃避がてらに働きたくない願望を前面に押し出したお話を書きたくなったからでした。

ある意味社会の闇が生んだ作品ですね、大人になるって悲しいことなのです……。

そんな作者の憂さ晴らしの犠牲者になった和真くんですが、楽しそうだし登場人物全員が我欲のままに突っ走るお話のため、問題ないと思ってたり。幼馴染アイドルだしバニーだし！

それでは、最後に謝辞を。作家として右も左も分からぬ私を拾い上げてくださった担当編集様。イラストを担当してくださったものと様。本作を受賞させてくださったオーバーラップ編集部様。この作品の出版に関わってくださったすべての皆様。心より感謝しております。

そして、本作を購入してくださった読者の方々。本当にありがとうございます。

最後はちょっと真面目になってしまいましたが、二巻でお会いできることを願って。

くろねこどらごん